本书为江西省"十四五"社会科学规划课题重大委托项目（课题

促进数字经济发展
地方立法研究

Research on Local Legislation to Promote
the Development of Digital Economy

杨　波　周春华◎著

人民出版社

目　录

前　言 1

第一章　数字经济法律治理的一般理论 5

　　第一节　数字经济概述 5

　　第二节　数字治理概述 10

　　第三节　数字经济地方立法的必要性和紧迫性 20

第二章　数字经济发展法律治理的域外经验 23

　　第一节　欧盟立法概况 23

　　第二节　德国立法概况 28

　　第三节　英国立法概况 33

　　第四节　域外数字经济立法发展趋势及其启示 37

第三章　国内数字经济发展与相关立法概览 41

　　第一节　国内数字经济发展的现状 41

　　第二节　我国数字经济发展的法律框架 47

　　第三节　国内数字经济地方立法概况 50

　　第四节　国内数字经济地方立法的局限性 55

第四章　数字经济地方立法总则 60

　　第一节　数字经济地方立法的宗旨 60

　　第二节　数字经济地方立法的基本原则 63

　　第三节　数字经济地方立法的作用 70

　　第四节　数字经济地方立法的对象效力和适用范围 73

　　第五节　数字经济地方立法的权限配置 78

第五章　促进数字经济发展地方立法的主要内容（上）........ 84

　　第一节　立法框架 84

　　第二节　主要概念使用及其解释 89

　　第三节　跨境安全保障与国际合作 95

第六章　促进数字经济发展地方立法的主要内容（下）....... 100

　　第一节　数据产权保护制度 100

　　第二节　数字技术创新应用制度 102

　　第三节　数字基础设施合理布局制度 105

　　第四节　数字产业化与产业数字化深度融合制度 108

　　第五节　公共数据共建共享制度 112

　　第六节　数据安全治理制度 114

　　第七节　数字经济行业监管与社会共治制度 118

第七章　数字经济发展地方立法实证研究（上）............. 122

　　第一节　《浙江省数字经济促进条例》解读 122

　　第二节　《广东省数字经济促进条例》解读 127

　　第三节　《河南省数字经济促进条例》解读 131

第四节　《广州市数字经济促进条例》解读.................... 136

第五节　《河北省数字经济促进条例》解读.................... 141

第六节　《石家庄市数字经济促进条例》解读.................. 145

第八章　数字经济发展地方立法实证研究（下）.................... 149

第一节　《江苏省数字经济促进条例》解读.................... 149

第二节　《深圳经济特区数字经济产业促进条例》解读.......... 153

第三节　《北京市数字经济促进条例》解读.................... 158

第四节　《南昌市数字经济促进条例》解读.................... 162

第五节　《山西省数字经济促进条例》解读.................... 167

第六节　《汕头经济特区数字经济促进条例》解读.............. 171

第九章　《江西省数字经济促进条例》论证报告.................... 176

第一节　制定《江西省数字经济促进条例》的必要性与可行性.... 176

第二节　《江西省数字经济促进条例》的主要内容.............. 184

第三节　《江西省数字经济促进条例》需进一步论证的

　　　　相关问题.. 189

参考文献.. 195

后　记.. 202

前　言

　　随着信息技术的飞速发展和互联网的普及，数字经济作为新兴产业正在国内蓬勃发展。据统计，我国数字经济产值占 GDP 的比重达到 30.1%，数字经济规模达到 22.4 万亿元，数字经济总量稳居世界第二。我国数字经济发展呈现出快速增长、技术创新和产业融合等特点，数字经济规模不断扩大，互联网应用普及程度较高，数字技术创新能力持续提升。

　　我国数字经济的发展虽然取得了显著成就，但仍然面临着一系列深层次的挑战。比如，数字鸿沟问题、网络安全问题、数据隐私问题、人才匮乏问题和国际竞争与合作问题等，这些都是数字经济健康发展不可回避的焦点问题。加强数字经济法律治理就成为当务之急，而加强和完善数字经济立法就是其中的核心和关键，数字经济立法是保护数字信息和数据产权的重要举措与关键步骤，是国家数据监管与市场规制的合法性基础，更是提升国家治理体系和治理能力现代化的重要表现，是技术进步与社会变革良性互动的必然结果。数字经济发展立法对促进数字经济行稳行远发挥保驾护航之功。

　　基于此，在国家数字经济治理顶层设计引领之下，我国各地纷纷结合本地实际进行了数字经济发展立法实践探索，相继出台了多项涉及数字经济的法律和政策。2020 年 12 月 24 日，浙江省出台《浙江省数字经济促进条例》，首开以促进数字经济发展为内容的地方性立法先河，拉开了地方数字经济治理立法的序幕。截至 2023 年底，浙江省、广东省、河南省、河北省、江苏省、山西省和北京市等省市陆续制定了数字经济促进条例 12 部，其中省级数字经济促进条例 7 部，市级数字经济促进条例 5 部。

整体来看，现有的地方数字经济促进条例具有以下共同特点：一是普遍重视数字经济发展，因地制宜确定本地数字经济发展战略原则、方向和体制机制；二是抓住数字基础设施和数据资源两个基本要素，明确其目标要求和重点措施；三是明确发展目标、任务和要求，突出数字化工业化发展重点、工业数字化发展重点和治理数字化发展重点；四是提出具体的奖励政策和治理保障措施，努力营造创新发展的良好环境。总而言之我国数字经济地方立法取得了一定的成绩，一些典型省市通过制定相关法规和政策，为数字经济的发展提供了良好的法律保障和政策环境，富于改革创新精神。然而，数字经济的发展仍在变革中，立法工作需要不断完善和更新，以更好地适应其发展和挑战。

但各地立法实践也存在一定的局限性，主要表现在：一是立法的全局性视野局限，在处理国际与国内、中央与地方、发展与安全等数字经济领域的不同范畴时，往往着眼于本地数字经济的特色发展，对国际问题、国家问题、地方企业竞争力的提升问题等方面的着眼点、着力点还不够深、不够细。二是立法的价值取向和利益局限，部分地方立法存在在体制机制、调控范围、利益表达等方面的地方主义色彩，多元利益协调存在不周全之处。三是立法经验欠缺，各地立法尽管名称相似，但结构内容各异，条文数量相差最多时达 27 条，此外大多地方立法对数字经济发展中的各方职责认识存在差异，法律责任规范原则性强，具体责任大都持回避态度。四是没有妥善处理好产业政策导向与公平竞争规则的关系，弱化了公平竞争规制，过度强调对数字经济发展的行业导向作用，极易形成不同程度的地方保护，容易出现排除或限制竞争的不良后果。

为适应数字经济高速发展的新业态，完善数字经济法律治理的新路径，本项目针对面向数字经济发展的不同立法、法规和政策，以数字经济发展法律治理的基本理论为研究基础，通过国内外比较借鉴研究，通过理顺生产要素和生产关系以及市场竞争和监管治理，并试图通过加强立法与技术创新衔接，构建地方立法统一标准范式，平衡数据保护和数据利用，构建与之相配套的法律保障体系，为数字经济健康发展提供更加有力的保障和支持。

本书是作者主持的江西省社会科学基金重大委托项目"促进数字经济发展地方立法研究——以江西省为例"（项目编号为22WT09）的研究成果，本书出版获得了东华理工大学学术专著出版资助。

第 一 章

数字经济法律治理的一般理论

第一节　数字经济概述

一、数字经济概念的提出

从古至今，全球文化的演变一直在不断推动着社会的变革。从农业革命到工业革命，再到现在的信息革命，这一切都是由数字技术的飞跃式发展所推动的。随着科学技术的进步，它们被广泛应用于制造业、金融业、农业中，而且也变得更加强大，成为现代社会不可或缺的资源。数字技术和互联网技术相互结合，把全世界范围内的网络连接起来，形成大量的数据，这些数据超出了以往零散的终端可以应对的范围，继而衍生出云计算和大数据这些数字技术。数字技术不断发展的同时从信息产业迅速外溢，形成许多新的商业模式，影响最大的便是电子商务，在这样的背景下，衍生出了数字经济。

1995 年，随着全球互联网的迅速普及，美国唐·塔普斯科特的《数字经济》一书为我们提供了一种新的概念，即基于数字技术的经济活动，也就是数字经济。在数字技术日益发展的今天，数字经济会被赋予更加丰富的含义。2015 年，"互联网＋"概念的首次提出标志着我国数据经济学的崭露头角，随着时间的推移，它不仅成为许多官方文件的主题，也成为许多公众活动的热门话题，引起了全球的关注，并受到越来越多的认可，最终成为我国的发展核心。随着《国民经济与社会发展第十四个五年发展规划及 2035 年远景目标纲要》《数字经济发展战略纲要》《国家信息化发展战略纲要》的颁布实施，我们开始为推动数字经济蓬勃发展做好准备，确定了未来发展的目标，指出了实施的具体发展举措，以及各个地区应当遵循的发展路径①。

二、数字经济的内涵

21 世纪以来，我国广大学者从不同角度对数字经济开展了相关研究，虽然研究成果不断发展壮大，但对于数字经济的概念却一直没有权威定义，直到 2016 年 G20 杭州峰会的召开，在会议上形成了具有广泛共识的数字经济定义，至此对数字经济的含义有了更加清晰的认定。以数据资源为基础，利用现代信息网络技术实现融合应用，并将全部要素转换为数字化，从而实现公平、高效的新型经济模式，这将成为农业、工业经济之后的新型经济结构②。

作为经济活动之一，数字经济能够与很多产业融合发展，其中农业、工业、医疗以及其他很多产业都被数字技术所介入而得到提升甚至被颠覆。随着时代的进步，数字经济的迅猛增长、普及程度和影响范围已达到了史无前例的高度，它不仅推动了传统的生产、消费和管控模式的转型，而且还极大地推进了世界各地的要素配置和经济结构的优化，从而极大地推进了世界的竞争。数字经济内涵丰富，我们需要从多方面对其进行深刻理解。

---

① 李琼、周超中、封丽：《广东率先探索新兴领域立法——〈广东省数字经济促进条例〉解读（上篇）》，《人民之声》2021 年第 10 期。

② 洪正华：《抢抓数字经济机遇加快云南省数字化发展——云南省数字经济发展实践》，《大数据》2021 年第 7 期。

（一）数字经济是一种新的经济社会形态

数字经济作为一种新的经济社会形态，从基本特征和运行规律两个维度上都发生了根本性的变化。认识数字经济需要扩大范围、扩大边界、扩大视野，并将数字经济转化为经济社会形态，与工业经济和农业经济并驾齐驱。数字经济的出现，为人类经济和社会带来了前所未有的革新，以及系统性和全局性的影响[①]，因此，我们应当从历史的角度来深入探究它的发展脉络。

（二）数字经济拓宽了生产要素的内涵

在数字经济时代，万事万物互联，所有行为及活动均会实现数据化，而数据也就成了如同土地、劳动力、资本等至关重要的生产要素。

（三）数字经济改变了传统的商业形态

数字技术为产品的研发、生产、运输、消费等环节赋能。数字经济是一个由大数据、云计算、互联网、物联网和区块链等新兴技术组成的复杂系统。利用这些技术实现智能制造、电子物流、电子商务、团购外卖等让商品从生产到消费的各个环节都表现出数字化、智能化、国际化特征。深刻改变了以往人们的交流、沟通模式以及企业决策模式、管理模式和商业形态。

（四）数字经济是通过数字技术的应用来实现的

由于科技的发展，数字产业化现已形成一个新型的经济发展形式，它涉及基础建设、电子产品、软硬件以及互联网，它不仅为各行各业带来了巨大的变革，而且还为社会市场经济发展带来了积极的影响。

三、数字经济的特征

随着科技的进步，数字经济已然超越了传统的工业经济，它以独具一

---

① 王登新、王小宁：《数字经济：全球化新经济范式的形成》，《有线电视技术》2018年第3期。

格的方式呈现出来，并且将数据作为一种重要的战略财富，从而使它们变得更加强大。

（一）平台化

数字经济平台化这主要体现在以下三个方面：第一，数字经济平台化是数字经济发展的必然结果。各国之间的竞争日趋激烈，发展数字经济对于加快构建新发展格局、推动高质量发展具有重要意义。第二，数字经济平台化是实现降本增效的重要手段。当前，我国实体经济面临着巨大的压力和挑战。一方面，传统产业产能过剩问题日益突出；另一方面，很多行业存在着低水平重复建设、同质化竞争、资源浪费等现象。要想实现降本增效就必须将资源整合起来进行优化配置，这也是平台化发展的重要动力。第三，数字经济平台化是加快形成国内大循环的重要支撑。目前，我国国内需求潜力巨大且不断释放。在这个过程中，必须依托数字技术将实体经济与数字经济有机结合起来。因此，要通过平台化改造进一步发挥数字化对产业发展的支撑作用，使数字技术能够更好地融入实体经济，推动实体经济高质量发展。

（二）数字化

数字化是指将现实世界（物理世界）进行数字化的过程，是信息与物理系统相融合的过程，也是物理系统与信息系统深度耦合的过程。数字化包括信息处理与转换、数据采集与存储、数据分析与挖掘、数据应用与创新四个基本环节。在数字经济发展过程中，数据要素发挥着基础性作用，其具有非结构性、易采集等特点。利用数据要素可促进数字经济发展，通过构建数字基础设施、推进互联网应用普及、创新应用模式等方式促进数字经济发展。

（三）智慧化

数字经济时代的"智慧化"主要指企业通过利用先进的数字化技术，将原本的"信息孤岛"变为"互联互通"，构建起数字化平台，在此基础上进一步应用人工智能、大数据等技术，对企业经营进行实时监测，提高企业运营效率和服务水平。一方面，数字化平台能够为企业提供及时准确的数据信息，帮助企业更好地了解市场需求情况，从而对自身生产经营活动进行及时调整；另一方面，数字经济平台可以帮助企业搭建起高效便捷的物流系统，从而更好地为消费者提供服务。在当前数字化转型过程中，我们要注意的是，"智慧化"并不意味着对传统产业的全盘否定，而是要以更积极、更开放、更主动的姿态拥抱新一代信息技术，促进新老产业的融合。

（四）协同化

数字经济对传统产业进行全要素、全产业链、全价值链改造，推动传统产业转型升级。在数字经济的推动下，我国传统产业不仅实现了从资源到产品再到服务的产业链延伸，而且实现了从产品到服务再到企业管理的价值链重构，能够更好地满足人们不断增长的消费需求。在数字经济背景下，我国传统产业的发展模式发生了巨大变化。一方面，数字经济将不断渗透到实体经济的各个环节，使其与实体经济相互融合、相互促进；另一方面，数字技术与实体经济深度融合，不断催生出新业态、新模式。同时，数字技术与实体经济深度融合还能够创造出新价值。因此，数字经济与实体经济的深度融合能够进一步增强我国实体产业的竞争力和创新力、提高我国实体产业发展水平和质量、提升我国实体产业对国民经济发展的贡献度、促进我国实体产业高质量发展。

（五）全球化

在数字经济时代，随着全球化的深入发展，全球价值链从垂直分工转向水平分工，国际贸易和投资日益成为各国经济增长的重要驱动力。数字经济与全球化相伴而生，推动了全球价值链的发展，促进了贸易自由化和投资便利化，使国际贸易增长和各国经济发展紧密相连。数字技术不仅对产业结构、产业组织、产业链分工以及国际分工产生了巨大影响，而且对全球贸易和投资的格局产生了深刻影响。例如，基于数字技术的交易模式变革已经从"点对点"转向"点对多"和"多对多"。数字技术催生了新的全球价值链形态，使得生产环节在全球范围内重新布局，通过减少中间产品和服务的贸易成本来提高国际竞争力。同时，数字技术还将推动新一轮全球化进程。一方面，数字技术促进了新一轮全球化在地理空间上的延伸；另一方面，数字技术促进了贸易、投资和金融等领域的数字化转型，使国际贸易和金融市场更具活力、更具弹性和更具韧性。

（六）生态化

在数字经济时代，技术和人的行为都成为核心因素，技术成为核心要素，而人的行为则是由技术所决定的。与工业时代不同，数字时代下，数据、技术、用户、场景等因素对企业的影响越来越大，企业经营开始走向生态化，即在传统的产业集群中，一个企业往往会和其他企业进行合作，在这种情况下，不同企业之间会形成一种共生关系。数字经济时代下企业间的共生关系有两种：一是"你中有我""我中有你"的共生关系；二是"你中有我"的共生关系。在第一种情况下，不同企业之间合作时会产生互补效应，即不同企业之间在某种程度上可以相互补充；在第二种情况下，不同企业之间合作时会产生协同效应，即不同企业之间可以通过相互影响从而提高整个产业集群的竞争力。在数字经济时代下，我们看到了这种共生关系的存在。

第二节　数字治理概述

近年来，中国的数字经济取得了长足的进步，多年来一直位列世界第二。这不仅促进了社会的生产能力的增强，而且还为我们带来了更多的机遇。然而，这种快速增长的背后却隐藏着许多未解决的问题。为此，

《"十四五"国家信息化规划》中特别强调，要建立一套严格、科学的数字化管控体系。

一、数字治理的产生背景

（一）社会背景

随着社会整体数字化的飞速发展，传统的治理模式已经无法满足当今数字时代的需求。传统观念的社会治理模式主要是官僚主义的组织体系，由政府主导，各方有限参与。在当今这个快节奏的社会，由于信息化的普及以及科学的进步，许多原有的公共管理模式已经不再适用。这些模式存在许多问题，如绩效不佳、组织结构过于复杂、运营成本高昂、权力分配不均衡、目标与职能之间的矛盾。这些问题都妨碍了公共部门的变革。随着数字技术的飞速进步，它把世界各个角落联系到了一起，特别是当它被广泛运用于人类的各个领域，无论是线上还是线下，都能够看到它们的身影。随着数字技术的发展，传统的信息传输方式正在发生巨大的改变，以及以多个中央控制的方式正在广泛应用。由于这一新的发展方向，现代的管控环境也发生了巨大的改变，其难以预测的局面也日益凸显。为了更好地实现管控目标，我们必须充分利用先进的数字技术，打造出具有智慧和效率的数字政府，加强对信息化管控的推广应用，以期在这个充满机遇和挑战的新时代里取得成功。

（二）政治背景

随着全球化的深入发展，数字经济的发展正在走向均衡，但是，相关法律法规的缺乏、社会结构的混乱，以及保护主义的普及、单边主义的崛起，都给传统的国际管控模式带来了巨大的挑战，无法适应当今快速增长的数字全球化时期的各种挑战。随着时代的进步，传统的全球治理模式正遭受史无前例的风险，贸易保护主义的普遍出台，使得经济增长的动力减弱，而且缺少有效的合作与协调，使得发达经济体无法充分反映出发展中经济体及其他新兴经济体的实际需求。当全球性合作受到阻碍时，大国或区域为了摆脱原有多边机制治理乏力的困境，开始转向区域治理合作。然而，由于目前还没有完善的数据管控机制，我们必须加强相关的法律法规的制定与实施。此外，随着数据的全球化，我们必须通过国际协调，解决跨国、内陆以及海洋等多种挑战。

（三）技术背景

随着最先进的信息通信技术的进步，人类社会发生了翻天覆地的变化，治理的复杂程度也达到了前所未有的水平。现实世界与虚拟世界的融合，科技、经济、社会等多个领域的交叉互动，以及个人信息泄露和社会伦理问题的日益突出，给我们带来了极大的挑战。随着社会的发展，传统的治理方式已经不再能够满足当前的需求。为了更有效地管控经济发展，政府应该积极采用最新的大数据、人工智能和区块链技术，以降低管控成本，提升管控效率。

二、数字治理的内涵

（一）数字治理概念界定

"治理"一直被视作一种有效的管控机制，旨在通过实施有效的治理措施来提升社会的效率和效果。然而，近年来，由于数字化技术和方法的不断发展，"治理"的管控机制正面临着更大的挑战，如何利用这些发展的机遇来实现更有效的治理。根据相关研究，数字化治理涉及多个层面，包括：政府机构、企业、社会团体等，以及它们之间的交流与合作。这一进程涉及 IT 与互联网的运作，以及对相关活动的监控、计划、执行、协作以及人力资源的安排。

通过引入数字技术，我们可以实现一种全面的、富有创造性的，具备可操作性、可持续性的，由政府领衔，各类机构、行业协会、社区、公众及其他利益相关者联合发起的管理模型。通过"基于数字化的管理"和"对数字化的管理"的概念设计，我们可以利用数字技术、政策、社会和经济的优势，来改善当前的管理结构，并解决数字时代所带来的多种挑战和矛盾。这些概念设计旨在为管理带来更高的效率和更好的结果。随着科学技术的飞速发展，数字治理已成为一种有着深远影响的现代治理模式。它既涉及宏观层次的全球管控，如国家管控、社区管控、行业管控、产业管控、平台管控、企业管控、社区管控，又涉及微观层次的各种管控手段。它的出现，标志着一种新的治理模式正在形成，它将改善治理思想、改善治理模式、改善治理流程、完善治理体系，并实现治理资源的高效配置。通过将人的需求作为核心，采用数字化的手段，实现全民共管、全民参与的治理模式，不仅可以提高社会效率，还能够有效地改善民众的生活水准，实现全民幸福。这种模式依托于大量的数据，借助于先进的信息科学技术及其相关的服务平台，实现全民的治理。

（二）数字治理与相关概念辨析

随着科技的发展，对数字政府的研究已经从传统的政府治理模式转变到更加完善的政府治理模式，以及更加精准的政府决策，以满足我们日渐增长的需求。政府治理的本质变得更加复杂，需要更加全面的政府治理模式来实现。通过采取全面的数字化改革，推进政府的管理、决策、执法、监督、考核、绩效评估，使得政府的治理更加精准、高效，从而改善公共管理水平，实现经济社会安全，增强全体公民服务素养，改善社会公共利益，推进经济社会进步，促使经济社会更加繁荣稳定。应用更多的手段，如信息、互联网、人工智能技术，可以大大减轻政府治理的困境。从整体角度而言，数字政府的建立将使得治理变得更为精细，而且它的定义也变得更为宽泛。通过利用领先的数据技术，数字政府可以更好地实施治理，从而提升治理的效率、质量、公正度，并且可以更加透明地进行治理。这种治理不仅可以从宏观上涵盖整个世界，也可以从微观上涵盖各个领域，包括行业、产业、平台、企业、社区等。政府和数字治理都致力于通过数字化手段来提升治理效率，并强调数据的基础性作用和数字技术的支持。通过这些措施，我们希望能够促进公众利益的提升、个人福祉的改善以及治理效率的提升。

"数字治理"和"数字经济"都涉及如何推动数字化转型。通过实施多方位的措施，包括但不限于政策、立法、市场和科学等，来推动数字化转型的发展。这些措施包括：制定有效的规章制度、实施有效的行业协议、加强对公众的道德和社会责任的监督。习近平总书记重申，为了推动我国数字经济的发展，必须加强对相关法律、法规、政策、体制等的执行，并建立有效的监督、考核、评估、激励等运行机制，以推动我国数字经济的可持续发展。为了推动发展，我们必须加强金融监管力量，并在整个市场中实施有效的金融监管。我们必须清楚地界定各个参与者的职责，并且要建立一个有效的市场自我约束的系统。此外，我们还必须通过各种方式的监督，如社交媒体、舆论等，来推动市场的健康发展。从实际出发，数字经济治理是构建数字化治理的基础，它不仅是治理的核心，而且还是治理的关键。然而，随着数字化治理的不断深入，它所面对的各种挑战也越来越多，因此，要想有效地治理，就必须从多个角度出发，提出有效的治理策略，并制定有效的治理机制，从而为治理提供有效的理论支持。

随着科技的进步，人们的日常生活和工作都受到极大的影响，这给我们的工作和治理提供了更多的可能性，但是，这也给我们的日常治理和工作提出了新的问题。通过利用先进的数字技术、搭建完善的数据交互系统，以及充分考虑到各方利益，我们可以构筑一个"共建、共治、共享"的新型社会治理模式。这种模式的核心思想就是"以人民为本"，即以公开、公正、公平、透明的方式，让每一个公民都能够充分利用自己的权利，从而促进公平、公开、公正、透明的社会治理。为了促进全民参与，充分利用政府、企业、民间以及市场的资源，实现全民参与的目标，我们必须努力构筑一个充满公平、合作、互利的社会治理体系①。

数字治理与数据治理。数据治理是指对数据资源进行管理，包括建立数据标准、规范、制度、流程，并对数据进行评估。作为新型经济形态，数字经济发展需要与之相适应的治理体系与治理能力。目前，国内外学术界对数据治理的概念有较多探讨，但对其内涵和外延还存在一定差异。随着"数字中国"建设步伐加快，数字治理逐渐成为我国社会治理现代化发展中不可或缺的重要组成部分。国家也相继出台相关政策文件，从文件来看，数据治理和数字治理在概念内涵上是相通的，但也存在一定差异。从内容上看，"数字"和"治理"两个词汇虽均涉及数字技术、数字环境、数字资源等内容，但内涵并不完全一致。首先，从字义上看，"数据"一词强调其作为资源的属性；而"治理"一词强调其作为社会系统或制度体系进行调节、管控与规范等行为。其次，从属性上看，数据治理和数字治理均为社会系统或制度体系进行调节、管控与规范等行为时所涉及的各种信息资源；但两者在主体、客体以及属性上均存在明显差异②。因此可以认为：数字治理是对以大数据为核心的数字技术在社会系统或制度体系中所涉及的信息资源进行有效管理、充分发挥数据要素作用等活动。

三、数字治理的主要特征

数字治理不同于传统治理体系，呈现出不同的治理格局及主要特征，包括公共数据治理、信息技术治理及多主体协同治理等三个方面内容，具体体现在以下几方面：

首先，数字治理的成功离不开公共数据的支持。这些数据包括企业

---

① 李赞、冯贺霞、何立军：《提升社会治理的数字化智能化水平——中国社会治理研究会数字治理分会成立暨数字治理座谈会观点综述》，《社会治理》2021年第6期。

② 魏礼群、顾朝曦、倪光南、汪玉凯、李韬：《数字治理：人类社会面临的新课题》，《社会政策研究》2021年第2期。

注册信息、健康信息、交通信息、城市管理信息、教育信息和气象信息，它们是公共部门根据其职责和目的收集的。传统的市场结构由土地、资金、劳动力以及科技等多种要素组成，以满足不断变化的需求。从实践上看，数字经济深入发展和转型升级背景下公共数据已经成为市场中最重要的要素之一①。2020 年 3 月 30 日，中共中央、国务院颁布了《关于构建更加完善的要素市场化配置体制机制的意见》，强调了数据作为经济社会可持续发展的关键因素，并且指示各地应当积极探索、积极构建完善的数据要素市场，以及实施更为灵活的公共数据开放与有效流通，积极探索实施公共数据市场化管理价格机制。实施有效的数字赋能管控，必须以保护公众信息为前提，采取科学的方法，如实施信息分类、整合、脱敏等，以确保信息的安全性、可靠性，并且让它们可以被市场参与者及其他利益相关者所接受。由于社会的进步，政府机构在数据的采集、分析、应用方面拥有了巨大的优势，他们可以以最快的速度、最优质的方式将"富矿"中的信息转化成可以被消费的商品，从而提升了国民经济的价值。由于科技的进步，公众信息的开放不仅可以充分挖掘其中的商业机会，而且还可以为社会带来更多的福祉，从而为数字经济的可持续发展提供强大的支撑。因此，将信息按照不同的等级、不同的标准分类管制，并且确保信息的安全性，是推动信息公开的关键。根据分层次的理念，保护敏感性、企业机密性以及个体隐私的完整性，以及对于非必需的公开性，都必须被严格执行。为了确保公众信息的安全性，我们应该进行严格的风险分析，并获得相关机构的批准。此外，我们还应该加强对数据的管理，避免其受到外界干扰，并建立一个完善的信息资产登记、资产评估以及市场竞争机制。

其次，数字治理的主要方式是利用网络技术。随着互联网的飞速发

---

① 廖福崇：《数字治理体系建设：要素、特征与生成机制》，《行政管理改革》2022 年第 7 期。

展，它给政府的管理提供了史无前例的便利，从而丰富了其治理体系。然而，传统的治理方式仍然存在诸多弊端，因此，改革体制机制，拓宽治理范围，提高治理效率，成为当前面临的重要挑战。如今，随着互联网和其他先进的 IT 行业发展，诸如互联网、人工智能、区块链和 5G 等，这也为改善管理水平提供了强有力的支持。通过利用先进的 IT，我们可以大幅度改善数字治理体系，并且大幅度增强其治理能力。

最后，随着信息化时代的来临，数字化治理已经成为一种新型的治理模型。其中，多方参与的协作关系构成了这一模式的基础。由于信息化的发展，各类科技企业、社会公众等都成为了数字化治理的关键力量。通过跨界的协调与配合，政府公众部门成功地把握住了数字治理的发展趋势，并且积极参与其中，从而有助于提升整个社会的运营水平。通过加强对各类权责的统筹安排，使更多的权责相关方都可以参与到数字治理的建设中来，从而有助于提高行政效率，提升社会的综合素质。随着信息时代的发展，网络信息平台成为一个新型的社会经济形式，已成为推动数字化转型的关键因素。它们不仅拥有先进的技术，还可以提供全面的服务，帮助政府机构建立起完善的信息系统，实现对信息的快速传输、分析与处置。随着科学技术的进步，政府、企业、个人等多种主体，通过采用合作、采购、承担等多种形式，实现了数据治理体系的全面深入。① 此外，通过引入有效的公众参与，也极大提高了数据治理的效率。总之，构建一个完善、高质、便捷、全面、安全、绿色的数据治理体系，旨在满足人们对于优质、便捷、安全的需求。为了更好地满足公众需求，我们需要在各方面加强合作。例如，我们可以在政府、公众、行业协会、科研机构和互联网公司之间建构一个共赢的管理模式，以帮助公共利益得到更好的保障。

---

① 颜琳、谢晶仁：《试论全球网络空间治理新秩序与中国的参与策略》，《湖南省社会主义学院学报》2016 年第 3 期。

四、数字治理的难点

随着数字技术的飞速发展，它的边界变得越来越模糊，不再局限于某一个国家。它的出现，使得各国在安全领域的分工变得更加复杂，从而导致了数字治理的边界变得更加模糊，甚至可能出现重叠的情况。其不断普及应用，使得数字化治理的范围变得更加复杂。数字技术不仅渗透到能源、通信、交通、医疗等各个领域，而且还在不断拓展，使得它们在新的时代背景下变得更加动态复杂。

随着科技的发展，数字治理的影响越来越广泛，它的不平等程度也越来越高。"权力流散"的趋势使得不同的参与方都能够获得自己的权益，而且，通过科学分析、协调、协作，可以实现多方共赢。此外，公共服务、金融、教育、医疗等也都可以成为数字治理的重要参与方，它们都可以发挥自身的作用，从而推进社会的发展。在国际上，非对称竞争中数字治理权力格局呈现出霸权性特征。大国数字治理博弈不仅是一场技术之争、规则之争、主导权之争 [1]。

五、数字治理的着力点

在当今复杂多变的环境中，要想让数字治理取得良好的效果，就必须从价值性、多样性、全局性和可持续性等几个方面入手，以确保治理的有效性。

通过加强数字治理的价值性，我们可以更好地认识到它的重要性。然而，由于过度依赖工具理性，我们很少考虑人的主观能动性、创新精神以及共情能力，这些都是影响我们做出正确决策的重要因素。在工具理性思考模型中，行为者不仅仅会为实现自身目标而努力，而且会更加重视实现

---

① 蔡翠红：《数字治理的概念辨析与善治逻辑》，《中国社会科学报》2022 年 10 月 13 日。

自身价值，而不会去考虑他们自身在社会中所承担的角色、义务、情绪以及其他不合乎常规的东西。尽管科学技术的进步为我们带来了许多便捷，但我们仍然必须坚持"肯定自己"的原则，以确保我们作为一个真正的参与者，能够充分享受到它带来的机遇，并且能够充分尊重多元化主体的自由，以及创新他们的合法权益，以促进社会的公平、正义。

将公共利益与私营利益的结合作为基础，促进数字政策的多样性。无论是什么样的政府机构，它们都拥有无限的潜在影响，而将这些影响转变到更加广泛的领域，使得每一位社会参与者都受到了数字政策的影响，当前，虽然政府及其相关的数字企业仍然占据着重要的角色，但其对于最终受益者的影响力却远远低于此。因此，我们有必要构筑一种能够让各界共同参与、相互尊重、共同承担监督职能以及共同维护消费者权益的复杂的数字治理生态圈。

在数字治理的全局性中，规制与活力的关系至关重要。安全是发展的基础，而发展又是安全的保障，因此，我们必须将安全放在首位，同时又要将发展作为硬道理，因为没有发展，就没有安全。此外，规制与创新也应该相互促进，以促进数字治理的可持续发展。数字治理应当以开放的态度、谨慎的监管、辩证的发展思路为基础，以促进经济增长和社会进步为目标，实现可持续发展的宏伟目标。

通过加强对数字技术的保护、建立健全的数据交换机制，我们有望实现数据的安全、有效地使用，并且能够更好地促进全球化。随着全球化的发展，数据的安全已经不再是一个孤立的问题，而是一个全球化的热门话题。实施有效的数字化管理，既必须坚持数据自由，又必须建立起有效的数据共享机制，以确保每一位社会参与者的利益得到有效的维护，促进行业的可持续发展，增强国家的实际实力。只有当各个参与者携手努力，搭建起一个完善的、充满活力的、充满协同的、充满活力的全球数字合作框架，才能够确保数字治理的长期稳定，从而达到一个更加包容、安全、公正、友好的数字世界。

第三节　数字经济地方立法的必要性和紧迫性

数字经济在未来相当长的一段时间内都会是发展的主旋律。然而，伴随着数字经济的发展，数字经济领域的问题也不断出现。这些问题的出现不仅影响了数字经济自身的健康成长，更直接影响到整个社会的和谐发展。因此，制定有效的数字经济地方立法显得尤为重要，完善数字经济立法更具的必要性和紧迫性。

一、加强和完善数字经济地方立法是保护数字信息的重要举措

在经济活动中，来自全球的政府、企业以及个人的大量数据被汇总到了一个统一的互联网平台上，政府、企业等主体相较于个人（消费者）却能够轻易地实时获取该相关信息，导致多元化主体在信息获取上产生不对等性，特别是这种信息的不对等性让个人（消费者）陷入了一种被忽视的境地。然而，目前的法律对于如何处置个人信息与数字经济的关系仍然存在着许多分歧与争议，使得司法裁决的结果往往并非统一。为了解决此类问题，政府应该采取更多措施来完善对数字经济的监管，并制定更严格的相关规范。

二、加强和完善数字经济地方立法是保护数据产权的关键步骤

随着科技的发展，越来越多的人开始意识到，数字经济给我们的日常生活及商业环境带来了巨大的好处。然而，随之而来的却是，数据产权的侵权现象日渐突出，如何正确维权，以及如何最大限度地保障权利人的权益，已然成为当今社会面临的重要课题。未来，我国应当积极推进竞争

法、IP 法的制定，以期望达到最佳的数据产权保障效果。

三、加强和完善数字经济立法是数据监管与市场规制的推动力

数字经济的发展可谓是一把双刃剑，深入探索其中的机遇和挑战，以及如何利用它来实现可持续的发展。在此过程中，数据的潜力被充分开发，其附加价值也得到了极大的提升，使得数字生产要素与消费产品的融合更加紧密，同时，数据的保护和共享也变得更加重要，这也给数据监管和市场规制带来了新的挑战。

四、加强和完善数字经济立法是顺应时代发展，促进数字经济行稳行远的重要一环

随着数字化转型的不断推动，中国的数字经济取得了长足的进步，目前的市场份额排名第二，数字技术也迎来了前所未有的机遇，它不仅改善着人们的工作和生活，还为当今的政策制定、文化传播、社会和环境保护等方面提供了强大的支持，对当今的社会和环境造成了巨大的影响。随着时代的变迁，数字经济正在朝着一个充满活力、可持续性和可拓展性的方向迈进，因此，我们必须积极适应当下的环境，加强对相关法律的制定和实施，既注重发展，又注重规范，积极推动其可持续性和可拓展性，努力实现数字经济的可持续性和可拓展性。

五、加强和完善数字经济地方立法是提升国家治理体系和治理能力现代化水平的重要举措

以数字技术驱动国际合作和发展，使得国家治理的目的、受众、领域和措施都发生了重大的改变。其中，数字经济治理和网络空间治理正在成为当今中国国际合作的重中之重，也是国际合作的前沿领域。随着时代的进步，我们正在应对日益复杂的环境变化，以及各种各样的技术、服务等

方式，以促进网络、物质、信息、技术等四者的有机结合，实现跨界融合，构建一个健康、可持续的未来。其中，数字经济的治理尤其引起了各方主体各层面的关注，从而带来了一系列的变革。通过完善当前的地方政策，建设完善的数据中心，构建一套完善的信息技术、金融服务、大众创新、社会参与等多种形式的信息技术服务，以促进国家的信息技术创新。

六、数字经济立法是技术进步与社会变革良性互动的必然结果

近代三次以科学为驱动的工业化革命，给人们的日常生活带来了极大的影响。这些革命的出现，如蒸汽机的发明、电能的普遍应用、计算机的普及以及新的通讯手段的出现，极大地影响着当今的社会，也带来了许多其他的社会问题。因此，这些技术的出现，也将对当今的社会秩序造成重要的影响，迫切需要相应法律规范的出台，以便更好地适应当今的社会。随着科技的发展，国家相关部门也逐步完善法律的制定，以满足当今世界的需求。这场科学革命既给科学的进展带来了更加完善的体系，又给社会带来了前所未有的变化，也给传统的司法体系带来了巨大的考验[①]。因此，需要一套完善的司法体制，以便有效地处理、协调和规范这些挑战。随着科技的飞速进展，我们的法治建设也得到了巨大的进展，但仍然存在着一些挑战，比如，当前的法律制度无力适应日益复杂的数字经济环境，也无力解决当前的新兴社会风险。通过制定和实施相关的数字经济立法，可以促使我国数字科学取得重大突破，并且能够带来深远的影响，促使中国的数字经济取得长足的发展。

---

① 何亮亮：《论我国数字经济立法的必要性》，《中国集体经济》2018 年第 30 期。

第 二 章

数字经济发展法律治理的域外经验

近年来，国际上一些发达的欧美国家都相继出台了关于数字经济的法律治理法案，虽然不同国家基于自身数字经济发展程度及数字经济发展历史对于数字经济的立法侧重点有所区别，但是从总体的立法目的和立法效果来说，都对本国的数字经济的发展具有积极的推动作用。因此，科学总结数字经济立法背景和审慎借鉴这些国家数字经济法案的立法技术亮点，并结合我国现在的经济发展状况及未来经济发展趋势，对于制定一部具有中国特色的数字经济法具有重大意义。

第一节　欧盟立法概况

一、《通用数据保护条例》主要内容

欧盟数据立法主要是来源于法国及德国的数据保护传统，欧洲委员会在 1981 年就顺利通过了《个人数据自动化处理中的个人保护公约》（108 公约），作为世界上第一个用于保护个人数据的国际公约对于国际数据经济发展有举足轻重的地位。"108 公约"顺利地构筑了一种被世界各国认同并在国际上适用的通用数据保护的规则体系，与此同时也限制了不同国家的数据保护部门间的恶性竞争。但是随着信息技术不断优化升级，数据

流通速度加快，数据流通区域更加广阔，侵犯个人隐私和利用个人数据信息从事违法犯罪事件也频频发生。这给各国的数据保护现状和数据经济发展带来了不小的挑战。2018 年 2 月 25 日《通用数据保护条例》（GDPR）正式在欧盟所属各国内生效。GDPR 是一部相对完整的数据法典，其对数据是个人基本权利作出了主要阐释，也促进了个人对于数据权利主体意识的觉醒。GDPR 第三章规定了数据掌控者对于处理数据的严格程序例如 34 条就个人数据泄露与数据主体交流并且将数据主体所享有的传统的删除权和拓展的被遗忘权进行了明确列举，被遗忘权不仅包括在正当理由下让数据掌控者清除个人数据，数据掌控者还需要利用某些手段将已经流通出去的数据进行清理。① 这种分别从数据控制者和数据主体两方进行规制的立法技术建立了一个统一的数据权利体系。无限管辖权在 GDPR 中也得到了充分展现，由于数据本身的超时空性质，数据法典规定只要是对欧盟国家的数据安全和数据利用造成威胁，那么便可以超越国籍和区域启用 GDPR 去规制一切侵犯个人数据权利的行为。GDPR 作为一部完整的数据保护法律，必然也涉及强制处罚制度，其处罚制度根据侵权行为的严重程度主要分为两类，一种是声誉罚和命令式强制措施，另一种是金钱罚，主要是针对企业的不合规行为。而且大数据正处于发展的快速道，数据安全面临的问题也更加严峻，各种精密算法和人工智能使得处理数据保护问题变得更加困难，仅凭个人力量是无法解决复杂且极具专业性质的数据问题的，为此 GDPR 中突出了利用行政机构的强制性权力去治理系统性的数据问题。

二、《数字市场法案》内容概述

2020 年以来，大型平台利用自身业务的便利大量收集数据并且垄断

---

① 何渊主编：《数据法学》，北京大学出版社 2020 年版，第 27 页。

数据的利用使得不正当竞争之风在国家盛行。而传统的不正当竞争法对于处理数据垄断这一难题还没有实质性的措施能够有效遏制。因而欧盟出台了《数字市场法案》，从原先的针对违反数据安全的侵权行为作出监管转变为行为与平台的双重规制。[①] 该法旨在监管数字市场，在理想的情况下限制科技守门人和大型数据平台的权力，相关研究人员声称，确保数字市场的可竞争性和公平性是该法的主要目标。针对大型平台的监管，其在立法模式上超越了传统的竞争法框架，采用了特殊的监管途径，并且开创了平台的预监管模式，为守门人建立了禁止性义务组和积极义务组两类，以此来维护用户个人和普通商户的利益，营造一个开放、健康的数据市场的经营环境。《数字市场法案》中主要是围绕"守门人"制度来进行立法设计，在传统理论中，守门人制度可以包括两种，一种是守门人为了自身利益自我反击，在私法中数据像房屋、黄金等一样被称作是守门人的财产利益，守门人可以通过自身的平台技术手段对非法获取数据的侵犯者进行阻止、截断；另一种则是帮助他人进行防卫，例如帮助政府组织对第三方的非法抓取数据行为进行实时监控。[②] 但是《数字市场法案》中守门人制度指的是对达到守门人标准的大型平台的数据获取及流通使用的行为进行自我的限制与监管，为守门人的行为设置一套严密、科学的程序路径，例如需要与其他小型的平台及企业加强信息数据的交流及共享、用合乎社会公共利益的手段来获得用户数据等规则，并且通过设置前置化的依层次递进的义务从禁止偏好型垄断协议到扩大平台数据流通的范围，最后到提高信息数据的透明度，这种方式在很大程度上摒弃了传统竞争法的事发后惩处的处置方法，实现了向预先防治

---

① 王磊、郭琎：《欧美数字经济立法最新动态、基本特征及对我国启示》，《中国经贸导刊》2022 年第 3 期。

② 洪莹莹：《欧盟〈数字市场法〉及其对中国的启示》，《上海政法学院学报（法治论丛）》2023 年第 2 期。

违法行为转变。①

三、《人工智能法案》内容概述

人工智能（AI）现在是人类生活中越来越重要的一部分，为了应对和遏制与人工智能有关的最严重风险，目前已在国家、区域和全球各级提出了若干立法或管理建议。最全面的监管举措之一是欧盟于 2021 年 4 月发布的人工智能法案（AIA）提案，旨在为可信的人工智能建立一个法律框架。在纯粹的数字领域，人工智能就是一种由人类事先通过输入一种程序算法，当系统接收到一种来自第三方的指令时，人工智能启动内在机能去外化作出影响现实世界的行动，从而达到人类最初的目标的一项技术。② 而其中的程序算法需要事先由设计者输入所收集的大量数据信息，可以说数据才是人工智能的基础和底层逻辑，例如路况分布、木马病毒、个人信息数据等。这种技术能够有效预防网络病毒攻击、有效指引人类便利生活，但是在带来好处的同时，人工智能也让数据变得更加不安全，隐私泄露、伦理挑战等问题慢慢浮现出来。欧盟为了实现数字战略、建立数字主权，环评草案对人工智能采取水平和基于风险的监管办法，将人工智能广泛分为不可接受风险、高风险和低风险或最小风险。不可接受的风险是那些违反欧盟价值观的风险，因此，它们被认为是 AIA 第 5 条"禁止的做法"，其中被禁止的人工智能做法分为四类，即：（1）部署潜意识技术的人工智能系统；（2）利用漏洞的人工智能实践；（3）社会评价系统；（4）"实时"远程生物识别系统。同时，人工智能技术本身的使用就极为复杂，具有不确定性并且与多领域交叉融合。在保护数据安全、促进数据

---

① 李世刚、包丁裕睿：《大型数字平台规制的新方向：特别化、前置化、动态化——欧盟《数字市场法（草案）》解析》，《法学杂志》2021 年第 9 期。

② 曾雄、梁正、张辉：《欧盟人工智能的规制路径及其对我国的启示——以〈人工智能法案〉为分析对象》，《电子政务》2022 年第 9 期。

资本化的过程中，还需要对有关社会公共利益的行业使用人工智能系统的过程采取严密的管制，需要专业的机构评估风险，着重关注其后续的操作与运行。人工智能法案对特别领域设置了一些独特的规则，但是一个问题有时候一部法律不能够完全解决，因此，还需要与其他有关数据领域的法律达成一致。[①] 从人工智能法案整体内容来看，欧盟还是对人工智能革命持保守和谨慎的态度，能在不影响自身数字化转型的前提下，以公民基本权利为底线，不断推动社会前进、提升公民生活质量。

四、《数据治理法案》内容概述

随着全球数字经济市场占比率不断增长，欧盟国家围绕数字经济优化不断投入大量的人力资源来进行数字治理体系优化，并且卓有成效，欧盟希望扩大数字经济规模，增强数据权利在全球内的影响力和领导力，以此来驱动数据利用技术的创新发展。继《数据治理法案》（Data Governance Act, DGA）2022 年 4 月获得欧洲议会批准后，DGA 是《欧洲数据战略》中公布的第一个生效的立法工具。为了促进数据在私营部门和公共部门之间的再利用和共享，DGA 对新兴数据中介服务提供商进行了监管。而且为了在市场上提供服务，提供者必须提交事先通知程序，并表明遵守对其经济活动规定的若干条件。对数据中介机构的监管旨在提高其可信度，并确保其所在经营市场的竞争力。欧盟国家认识到数据共享比只强调个人数据使用权利更可以使得数字经济呈指数级增速，具有重要的经济价值和社会效果。虽然欧盟国家的数据体量有优势，但是数据的流动性慢和利用的渠道受限，这使得数据自身的潜力没有被充分释放。[②] 数据共享指的是在数据供给方和数据需求方之间建立一个值得信赖的第三方交易平台，通过

---

① 于品显、刘倩：《欧盟〈人工智能法案〉评述及启示》，《海南金融》2023 年第 6 期。

② 张韬略、熊艺琳：《拓宽数据共享渠道的欧盟方案与启示——基于欧盟〈数据治理法〉的分析》，《德国研究》2023 年第 1 期。

此类中介平台让数据充分流动起来,降低数据的收集和使用的成本。在共享数据平台的制度设计中,《数据治理法》为了提高民众对于交易数据的信赖,规范要求其从事数据共享业务的专有性、独立性;确保小企业不会遭遇技术障碍;为数据主体提供数据交易的临时存储等上下游交易便利措施。同时,该法通过列出正面清单和负面清单详细限定了服务商的资格标准,并不是一切为了数据交易的机构平台都能够适用《数据治理法》来进行规制。[①] 除数据共享服务提供商外,《数据治理法》还规定了公共部门机构、数据利他组织及数据创新委员会,让公共部门的数据和不同领域间的数据形成数据共享生态系统。从多主体、多结构、多层次来构建数据治理体系,但是建立上述框架最重要的是从数据公平利用的角度出发,不偏移,欧盟在初期也出现过将数据作为溢价工具,只要你有足够的资产,那么就可以迅速获得优质数据,而一些微型企业却只能等待。该法为了避免此种做法,刻意地回避了数据服务商及公共部门对于所属数据的权利归属关系,但是却着重强调个人数据主权和知识产权的地位。

第二节　德国立法概况

一、德国的大数据战略发展

在大数据战略发展中,英国和法国花费大量时间精力去完善数据利用及数据保护体制,以期建立国家的数字主权,扩大国家数据经济的影响力,其战略计划推进得相对快速,但是德国则是以稳步发展为主要路线,

---

[①] 鞠颖、康宁:《欧盟〈数据治理法〉中数据共享主体的运行逻辑及对我国的启示》,《太原理工大学学报(社会科学版)》2022 年第 6 期。

其围绕工业更新换代升级去有目的地选择大数据所必要的建构框架。德国的大数据发展充分地结合国家的优势产业发展的前景，正一步一个脚印专注于德国特有的大数据战略。德国的大数据在通信业、计算机应用、国家策略、人工智能中落到实处，扩大通信网络覆盖率、降低通信资费、创建高级编程软件、提高大数据的社会接受度，这种发展策略让产业得到了实在的利益成果。

德国政府在制定相关数据法规范时，也高度重视国家策略方针的出台，在2014年，德国联邦经济与能源部通过了"2014年到2017年数字议程"，提出发展数字产业来扩大就业和经济转型增速，并将家居产业、电动汽车、媒体经济、环境保护、建筑设计、医疗、教育等行业作为政策目标实现的领域。"数字议程"主要内容体现在构建数字化智能社会、将数字化引入基础设施建设工程中去促使社会整体更加互联互通、通过国际间的共同合作来营造一个更加有利于数字创新的良好国际环境和奠定数字化的基础。2018年德国政府顺利发布了《德国高科技战略2025》，加大对科技创新的投资力度，支持让数字化成为科技创新的内核。还有诸如《信息通信技术2020——为创新而科研》《云计算行动计划》等信息政策，经历这几十年，德国已经存在着一系列成熟的政策措施。除此之外，德国也出台了《电子商务法》《数据保护法》等法律文件，和上述政策战略相互配合，以实现德国的数字经济强国的目标。同时，德国对于公民个人数据保护的问题也与欧盟的《通用数据保护条例》相一致，打破了数据立法的壁垒，提升了德国的数字战略的国际影响力。德国是在国际中少有的能够让大数据政策和立法相结合的国家，并且实行得如此成功，为大数据经济发展铺平了道路。

信息和通信技术（ICT）在推动经济增长和可持续性方面发挥着越来越重要的作用。德国通过ICT实现了经济增长，2009年ICT为社会提供了846000个工作机会，超越了传统重工业的总体经济值，缓解了社会公民的就业压力。① 为了更好鼓励 ICT 产业的发展，德国出台了"数字德国2015"政策指引，对于新兴的中小型信息通信技术企业实施资金倾斜的特殊照顾制度，同时，创建一个德国的技术创新体系、建立 ICT 产业的行业协会及峰会让企业间有一个良好的沟通平台。除此之外，"数字德国2015"还对未来的数字网络、安全可靠的数字世界、未来数字时代、教育和媒体的整合、运用数字解决社会政务等提出了一些目标期望，政府各部门根据这些框架也列出了详细的能够付诸行动的措施。

德国在传统工业领域同样也跟随着改革潮流，"数字德国2015"战略实施之后，紧接着又提出了"工业4.0"战略，其让信息技术和工业技术协同发展，想要让制造业实现向数据智能化转变。传统工业大多是属于劳动密集型企业，工人在产品生产线中从事的是简单、重复的流水线体力劳动。然而全球人口老龄化加剧并且新生儿出生率不断呈下降趋势，传统工业所需的劳动力价格提高，其利润空间正在逐渐缩小。"工业4.0"将工人从生产线中解放出来，打造工厂内部的通信网络，从工厂的产品原料储存系统到生产技术现代化再到运输智能化，这些都融入到工厂的智能辅助系统之中，使得生产速度迅速增长、工业品附加值增加，同时通过工厂的智能服务系统收集客户个人数据信息以此来为消费者提供个性化产品。②

二、《德国反限制竞争法》立法概况

(一)《德国反限制竞争法》的修订原因

在进入到数字经济时代以后，数字化也当然地改变了反垄断法规制的行为对策，之前的反垄断法已经不能够应对各经济行业的例如具有数字化特点的经营者集中等不良竞争行为。但是同时，德国作为欧洲国家联盟中

---

① 张进京：《德国联邦政府 ICT 战略：数字德国2015(上)》，《中国信息界》2011年第12期。
② 孙笛：《德国工业4.0战略与中国制造业转型升级》，《河南社会科学》2017年第7期。

的一个主要国家，跟上欧盟制定的数字经济发展战略是其中的外源性原因之一。在德国的各经济行业大多都经历了数字化改革，其改革造成了各领域的经济实力的差距拉大。在数据市场中，根据数据的重要性分类，普通数据在数据市场中发挥的作用不大，各行业都普遍持有，不具有稀缺性的特质，而被称为价值创造因素的数据便成为各方争夺的热门数据，因为在数字化产业盛行的背景下，如果一个企业没有掌握到核心的竞争数据那么就会在后续的产业升级优化中丧失主动性和优先性。在大数据时代，评判一个市场主体是否能够在相同领域中的其他企业中占据市场支配地位的重要标准就是有实质价值的核心数据，但是修订前的《德国反限制竞争法》对于关键性核心数据的定性及利用规制存在着立法缺位的情形。

作为数据信息中介的平台聚融和集合了大量优质的数据，是数据买方市场和卖方市场中数据交易者的重要的流通途径。例如在外卖平台适用的初期，用户不习惯甚至是抵制在手机软件上订购产品或者是日用品，特别是与人体健康息息相关的食品，认为线上不能够亲自看到食物的真实状态，例如餐品的颜色、香味等，但是通过周边广告宣传及好友的推荐，试用数次之后发现其大幅地缩短了购买的时间成本，便利了生活，便会对其产生严重的依赖性。后来所谓的大数据杀熟行为就是平台经济没有受到合理的约束产生的负面效应，不仅使得消费者利益受损，还阻碍了平台经济的数据化发展。① 而修订前的《德国反限制竞争法》无法有效限制大型数据平台的垄断市场资源的行为。《德国反限制竞争法》在 2021 年进行了第十次修订，此次修订主要是针对数据时代的新型特点造成的市场中主体滥用市场力量的行为，将市场主体所专有的获取核心竞争数据的能力，作为认定是否符合传统竞争法中的占据市场支配地位等一系列改革措施详细规

---

① 袁嘉:《数字背景下德国滥用市场力量行为反垄断规制的现代化——评〈德国反限制竞争法〉第十次修订》,《德国研究》2021 年第 2 期。

范到其中。

（二）《德国反限制竞争法》的主要内容

《德国反限制竞争法》主要是为了重构数据的市场利用的行为，避免市场经营主体依据其体量优势大量聚拢数据，使得数据市场不能够公平地在需求者之间流动。为了解决此类问题，德国修法机关制定了间接和直接的措施。在间接规制层面，德国是一个典型的大陆法系国家，其政府在社会中具有权威性和强的话语权，上下级之间有着层层分级机制。在传统的竞争法中，政府处理类似的经营者集中的行为花费的时间成本高，对于一些对社会公平竞争产生重大消极影响的经营者集中的行为往往不能够进行精细化审查，使得具有重大限制竞争影响的经营者集中案件没有得到妥善处理。德国修法机构希望能够通过深化此类案件的申请审查标准让执法机关对有关数据竞争行为充分调查研究，从而确定可行的细化标准。

在直接规制的层面，《德国反限制竞争法》第 18 条第 3 款第 3 项中将企业是否在数据市场中处于支配地位的标准列出，但是该规则不能规制其他不属于具有市场支配地位的其他企业进入多边市场时中介服务性质的数字平台产生的重要影响。例如搜狗浏览器、微信、抖音等具有连接某些供应或者需求市场的混合并且可能处于不断变更发展中的数字平台，其可以设置某些进入条件使潜在的用户处于被动状态，影响数据市场的正常运转。因此，在该法的第 18 条中又增设了中介服务商进入采买和销售市场对于卖方和买方市场的意义作为评估多样化企业是否具有市场支配地位的又一标准。[①] 这在学术上也被称为"中间力"因素。传统竞争法中规制扰乱市场经营秩序行为的底层逻辑是，首先这个市场主体的自身影响力在市场中占据支配地位，其次才考虑这个企业是否滥用了自身的资本影响力而

---

① 孟大淇：《德国"滥用市场力量"监管的立法实践及启示——以〈德国反限制竞争法〉数字化改革为视角》，《财会月刊》2022 年第 4 期。

不公平打击竞争企业的正常生产经营行为，挤压其生存空间直至破产。但是修订后的《德国反限制竞争法》没有将主体拥有支配地位作为认定其实施了数据经济垄断行为的必要因素。

《德国反限制竞争法》通过自身经济发展态势来转变观念，并且大胆改进落后的评价标准及经验，让德国的数据经济迈向更加符合现代化数据强国的征程。

第三节　英国立法概况

一、《数字经济法案》概况

《数字经济法案》是英国政府为了保护网络著作权、促进信息化发展，从而实现"数字英国"战略的立法项目之一。从 2008 年开始，英国政府多部门联合开始规划"数字英国"的实施计划及方案，其成就之一就包括《数字英国报告》，其将英国未来的数字化的实施路径及最终宏伟蓝图规定在其中，进一步巩固英国在数字知识产权的强国地位。在大概一年之后，英国政府提出了《数字经济法案草案》，于 2010 年《数字经济法案》条款产生法律效力。

《数字经济法案》中将网络著作权的侵权行为作为主要的规制对象，互联网服务提供商发现侵权者的侵权行为时应当及时通知被侵权者，除此之外，还需要将有关网络著作权侵犯者的侵权行为固定下来并交给申请人。上述的措施均为待侵权行为发生后进行规制的行为，称为事后规制，而此法还规定了事前规制条款，为了更加全面保护网络著作权，网络服务平台可以采用特殊技术手段，例如断绝其进入互联网或者为特定的数据资料设置访问权限。同时为了安抚好未来可能被指控为侵权人的情绪，该法规定一旦其认为著作权人或者网络服务提供者有不实的指控，自己并未作出侵犯网络著作权的行为，那么可以向司法机关提出例如民事侵权等之类的私法救济。①

随着互联网不断发展，纸质图书、报纸等销量持续走低，纸质媒体企业数量也不断缩减，但是电子读物在数据市场中的份额占比越来越高，因此，对于电子类的出版物需要建立数字类的著作权规则，该法案第43条中将电子出版物扩展成为公共借阅权的范围对象，便利了公民的生活。

该法案一经发布便引起了社会各界的广泛关注，也有许多反对的声音。主要是一些网络巨头，例如字节跳动，它们认为其过分地夸大了网络服务提供商的义务，限制了该行业的发展，与欧盟的规定背道而驰，应该将其修正。

二、《产品安全和电信基础设施法案》概况

据英国媒体消息报道称，英国政府在 2021 年 11 月 24 日，向英国议会提出了《产品安全和电信基础设施法案》，其法案主要是为了保护电子产品的日常安全利用，为智能电视、智能手表、电子定位器等可以与互联网联通的产品的生产商、销售者制定行业标准，使得消费者在买到此类产品回家后，能够正常安全使用，不用担心出现数据丢失无法使用或者因为电子产品的防止外来入侵链接级别低的问题而造成数据泄露，危及人身安全。例如儿童电子手表问题，现在儿童电子手表发展迅速，只要在有网络的地方基本上都有连接互联网的功能，家长可以将小孩的电子手表与自己的手机相关联，并且可以通过定位功能看到小孩在哪个具体的地方，这一功能让家长能够时刻查看小孩的具体动向，吸引了更多的家长购买，使得更多企业转向儿童智能手表的制造中。电子手表主要是其中的芯片，然而

---

① 张亚菲：《英国〈数字经济法案〉综述》，《网络法律评论》2013 年第 1 期。

有些企业为了快速牟利不顾芯片中的数据安全保护的问题，社会中出现了许多因为电子手表的芯片的防护标准不达标而引起儿童拐卖的问题。而一些智能手表还具备电子支付功能，也引发了电信诈骗等损害公民个人财产权的刑事案件。除此之外，产品与产品之间能够相互连通，例如全屋智能系统、蓝牙耳机等，此类商品对于个人的生活安全也有很大的影响，因此，在《产品安全和电信基础设施法案》中也得到了相应的规制，要求产品制造者能够更好践行实践的安全标准。①

在《产品安全和电信基础设施法案》中明确规定了物联网公司不能使用一般的通用默认密码，在每个电子产品的制造中必须运用独特、唯一的密码。因为如果默认使用通用密码的话，那么其产品在存储的数据隐私、运行过程中产生的敏感数据很容易被不法网络技术分子所截获。在现实操作中，保持产品安全的重要必经程序之一就是保持产品内置的系统和补丁不断更新、优化升级。数字电子商品的提供者必须完善售后服务，由技术部门人员将用户所反馈的问题进行仔细研究，维护系统安全。此外，法案设置了严厉的处罚机制，监管机构能够对违规制造商处以高额的罚款。在2023 年 5 月 4 日，英国政府拟定了新的《2023 产品安全和电信基础设施条例》草案，对 2022 年法案的其中内容进行了补充说明，对产品的制造有更高的安全要求，有利于数字经济稳步向前发展。

三、《数据保护法案》概况

数据在全球创新、商业、服务消费中发挥着愈来愈重要的作用，是现代化强国进行技术变革的基石领域。个人信息保护是许多国家急需解决的问题，因为大数据覆盖越来越广，那么个人信息泄露的概率也会增大，

---

① 丁磊：《英国政府向议会提交〈产品安全和电信基础设施法案〉》，《互联网天地》2021年第 12 期。

《数据保护法案》主要是针对个人信息保护的立法，总共有七大部分。其中，第二部分中规定的是数据处理的一般规定，相当于我国法律中的总则部分，对权利主体的权利进行了具体列举及说明，还有数据处理的一般原则例如数据处理合法、公正原则；数据处理目的明确、特定原则；个人数据处理安全原则等。该法还将执法机构和情报工作机构数据处理设置了特殊的保护数据的架构，作为执法机构的数据掌控者必须履行自身的责任，设置专门机构维护数据安全，并且其地位具有相对的独立性，不能够轻易被辞退或者限制。

2017 年的《数据保护法》相对于 1998 年的《数据保护法》，其给予了处理信息数据的执法人员更大的权限，提高了私法处罚的最高值，提高了刑事规制的上限，争取以严厉的处罚措施来遏制侵害数据安全的不法行为。新《数据保护法案》让公民个人认识到自身数据权利需要掌握在自己手里，能更加熟练运用法案中规定的权利来维护自身的利益，例如将个人的信息数据跨越国界输入到他国中需要英国执法机构正确按照法律框架来进行。[①]

四、《数据保护和数字信息法案》概况

英国数据保护的历史源远流长，2017 年英国出台了《数据保护法案》，当时的英国还是欧盟所属的一个国家，而欧盟出台的《通用数据保护条例》是当时比较系统全面的一个保护个人数据权的法规，因而，英国国内为了配合欧盟的立法政策而也顺势表决通过了国内法。2020 年 1 月，英国经过全民公投的形式正式宣布脱离欧洲联盟，其后为了促进数字经济的繁荣发展，跟上世界的数字经济发展的步伐，一直在收集各方意见要制定一部

---

① 张继红：《英国 2017 年〈数据保护法案〉主要特点及对我国的启示》，中国欧洲学会欧洲法律研究会第十一届年会论文集，2017 年 11 月，第 10 页。

属于英国的数字法案。最终在 2022 年 7 月，《数据保护和数字信息法案》在英国下议院被提出，经历了一次撤回，2023 年 12 月该法案在英国上议院进行二读。因为此法案产生的背景是英国脱欧，所以英国在此法案中增加了许多英国的替代规则，但是另一方面为了继续获得欧盟国家的数据经济合作的相关基础条件，因而不得不在大体方向上与欧盟的数据保卫框架保持一致。

虽然该法案对相关条款进行了较多的修改，但是大体上还是趋于制定数据保护的严格规范、保护公民个人的信息数据安全。例如将个人数据的内涵和外延进行了精准概括，以及评估访问数据信息的行为是否符合合法利益等，这些优化都是英国政府根据英国现实国情及数据安全发展的需要所调整的，具有英国数字法案的特色。英国的数据监管机构，即 ICO，与英国其他的数字管理部门相互协作，为数字化经济发展保驾护航，更好应对数据安全风险。同时为了鼓励企业进行数据化革新，减轻企业的压力，政府和金融市场行为监管局等机构分工作为，帮助企业更好理解国家关于数字经济的政策，帮助企业更好地践行管理和保护数据的规范。①

第四节　域外数字经济立法发展趋势及其启示

一、域外数字经济立法趋势

加快数字经济的监管立法，规制大型数字经济平台的垄断行为，破解数据的不正当竞争行为，维护数据流动的正常秩序。随着数据集中和大数据时代的来临，各个大型平台经营的数字经济的跨种类、跨区域的特征，

---

① 徐德顺：《英国数据保护和数字信息法案及其启示》，《中国商界》2023 年第 5 期。

使得平台经济在数字经济的发展中发挥着重要的作用。因而，越来越多的国家将平台垄断行为作为数字经济竞争的首要监管对象，为了在数字经济法律制定中占据领先地位。欧盟主要由之前的对侵犯个人数据权利的处罚，规制（如《通用数据保护条例》），转向对互联网平台的垄断规制，并引入"数字守门人"规则（如《数字市场法案》和《数字治理法案》），同时欧盟还通过加快对平台反垄断执法的框架和理念的建立，增强反垄断执法的力度。德国通过修正《反限制竞争法》，采用事前规制和事后规制相结合的手段，确立滥用数字市场支配地位的数字企业垄断行为标准，实现传统竞争法向数字化改革方向转变。

注重基础数据的安全，建立个人隐私数据的治理体系，促进数据在数字市场中有序交流及流动。① 从欧盟的《通用数据保护条例》到英国的《产品安全和电信基础设施法案》《数据保护法案》，欧美国家在个人数据保护立法中处于前列，其中欧盟国家基本上都已经实现了个人数据权利保护的现代化发展。欧美国家认为数据是建立数字经济的起点是奠基石，数据就像拼图中的每一小块纸片，只有确保所有这些纸片是完整的，那么最终才可以拼出一幅令人惊叹的画像。每一个数据就像是数据王国拼图里面的一小片纸片，保护个人数据安全有利于实现数据化强国的战略目标，促进数据领域的创新思维和技术进步，达到数字领域的动态平衡。

将技术创新与数据经济发展相结合，探索专门领域的立法。在制定现行数字经济的监管体制的同时，发达国家也在制定数字经济促进法，英国2017年《数字经济法案》是全球第一部完整的促进数字经济法。改进技术去平衡数据保护与数据市场化利用，推动技术与经济协同发展，使得国家经济和法律环境向数字信息化转变。欧盟《人工智能法案》是专门针对

---

① 杨丽艳、张颖：《比较分析视角下的数字经济立法》，载张庆麟、殷敏主编：《国际贸易法论丛》第 9 卷，中国政法大学出版社 2020 年版，第 188—201 页。

AI 技术发展的法律，回应社会中关于人工智能的伦理问题，其是一个未来国家争先比较的新兴技术领域，融合大数据算法和编程技术应用，实现科技革新发展。英国《产品安全和电信基础设施法案》加重高新技术产业的制造标准，在发展经济效应的同时为技术发展提出了挑战，刺激与数据产业相关的新行业稳定繁荣增长。

二、域外数字经济立法的启示

我国是世界第二大经济体，数字经济在全球影响力中越来越凸显。近年来，我国的数字经济正处于高质量发展中，数字基础设施也更加完备，数字产业链也更加成熟。但是与此同时，一些垄断行为及资本得不到有序控制等问题也日渐显露，此类问题在国外发达国家也有存在。基于问题的共性，所以我们要学习借鉴欧美国家的先行立法经验，制定出独属中国的数字经济法。制定出台适合我国国情的法律法规，保障和促进数字经济规范有序发展。

首先，我们应该认识到数字经济是一个由多种因素集合而成的复杂的产业共同体，相比传统的工业制造产业等具有较强的专业壁垒，立法不仅需要由立法人员运用其常规立法技术制定出完整、符合中国国情的法律法规，更需要有熟知数字经济产业发展规律和发展理论的专业技术人员作出指导。也就是说，我国数字经济立法必须有理论与实践经验的结合，并且在立法中要区分数字经济立法的一般法及特别法，形成中国的数字经济的统一立法。同时借鉴英国立法方式，以更高远的视角看待此产业前景，需要制定一部《数字经济促进法》，从国内市场主体、公民个人、国际数据流动、利益平衡等方面考量，全面提高我国数字经济治理体系和治理能力现代化水平。

将国内《个人信息保护法》与数字经济立法协同发展。在制定数字经济法律时，要充分考量数据资本化和数据权利主体之间的平衡。我国是社会主义国家，实行以人为本的发展原则，因此，必须将个人数据权利保护作为重要内容加以规定，不能以损害个人权利的方式去发展经济，不然，就和我国的根本发展方向相违背。

数字技术的定义不明确，但是在现实生活中产生了许多高新技术，例如互联网、大数据、人工智能、Chat GTP 等，因此，我们需另外制定一部法律来规制技术操作流程，并与相关的数据经济立法相联通。在技术革新换代时，相关的法律体系也得顺应技术进步而不断优化、修订。数字时代结合了具象与抽象，中国的法律要将数据确权和利益分配制度入手，进一步完善法律制度，畅通数据流动渠道及方式，实现数据利用和数据资产变现。

同时，我国数字经济立法应该审时度势，掌握好立法的时机及立法的价值观念。欧盟从一般法转到专门法、行为规制转向平台与行为结合监管、监管与促进立法相融合，经历不断修订与讨论，最终形成了欧盟的数字经济保护机制。我国的数字经济立法要以习近平法治思想为指导，坚定不移走中国特色社会主义法治道路，从我国实际出发，积极学习借鉴国外优秀立法成果，并加以吸收和转化，以加快建设数字中国，促进我国数字经济高质量发展。

第 三 章

国内数字经济发展与相关立法概览

第一节　国内数字经济发展的现状

随着信息技术的飞速发展和互联网的普及，数字经济作为新兴产业正在国内蓬勃发展。在数字化转型的浪潮下，配套的基础设施和良好的经济条件成为数字经济发展的关键因素。

一、基础设施建设

数字基建是构建数字化建设的基石。在数字经济发展过程中，我国高度重视基础设施建设，通过多年的努力，建成了目前世界上最大、国际一流的数字基础设施网络，无论是从数量上，还是从普及率上。据统计，近年来，我国互联网及相关服务业服务需求持续增长、互联网平台服务和数据业务发展态势稳定向好，宽带网络在国内的普及率不断提高。2019 年我国固定宽带接入用户超 4 亿，并已有 9 亿移动宽带用户。这在网络上给数字经济提供了非常好的基础条件。我国发挥后发优势，移动互联网时代发展速度快。在 4G 时代，我国与国外同步，2013 年底开始向三大运营商同步发放 4G 牌照并于 2019 年 6 月发放 5G 牌照。我国在 5G 的建设过程中，走在了全球的前列。截至 2023 年底，我国 5G 基站数量达到

337.7 万个，5G 终端手机接通量达 8.05 亿户。[①] 中国移动宽带速率在全球 139 个国家和地区中排名第 4，数字基础设施建设也拉动网速提升。此外，我国在数据中心、云计算等基础设施建设方面也在大力推进。数据中心的布局和建设在数字经济的数据存储、处理和分析过程中扮演了至关重要的角色。云计算技术的迅猛发展进一步推动了数字经济产业的高速增长。

二、经济条件

数字经济需要良好的经济状况做支持。党要执政兴国，离不开发展，党的二十大报告中也提出全面建设社会主义现代化国家的首要任务是高质量发展。必须全面、完整、准确贯彻落实新发展理念，坚持社会主义市场经济体制改革，坚持改革开放，加快构建以国内大循环为主体、国内国际双循环相互促进的新发展格局。作为全球第二大经济体，数字经济在我国发展潜力巨大，并且随着我国经济发展进入新常态，服务业以及高新技术产业逐渐转变为我国经济增长的主要来源，这也为国内数字经济的发展提供了十分广阔的市场空间。而且伴随着我国人口红利的逐渐消失和消费升级的不断推进，数字经济的潜力和需求也在不断扩大。此外，政府积极推动创新驱动发展和信息技术的应用，为数字经济的创新和发展提供了政策支持和市场环境。

三、基本情况

我国数字经济的发展取得了显著成就，在全球范围内具有重要影响力。以下是我国数字经济发展的一些基本情况。

---

① 工业和信息化部：《2023 年通信业统计公报》，2024 年 2 月 24 日，见 https://www.miit.gov.cn/gxsj/tjfx/txy/art/2024/art_76b8ecef28c34a508f32bdbaa31b0ed2.html。

（一）我国数字经济规模持续扩大

中国数字经济的比重从 2008 年开始快速增加。2013 年至今，中国网络零售交易额稳居全球首位。根据中国信息通信研究院《中国数字经济发展研究报告（2023 年)》显示，我国数字经济规模达到 50.2 万亿元，总量稳居世界第二，占 GDP 比重提升至 41.5%。目前，美国与中国的数字经济规模分居全球第一、二位，而在全球 70 个最大的数字平台中，中美两国占据了 90% 的市值、75% 的区块链技术相关专利、50% 的全球物联网支出、75% 以上的公共云计算市场；美国占了数字经济七大"超级平台"中的五个，我国占了两个。根据上海社科院的研究，中国连续三年的数字经济增长率都稳定在 15% 以上，稳居全球首位，远远超过美国 6% 的增长节奏。美国有 38 家企业上榜，其中人数最多的是福布斯"2019 全球数字经济百强榜"；我国上榜 14 人，位列第二，并且我国数字经济产业的增加值不断提高，对 GDP 的贡献率不断提高，为经济增长添加新的动力。另据相关数据显示，数字经济在三大产业中的融合度逐年递增。服务业比工业数字化程度更高，而工业数字化程度比农业数字化程度更高，数字经济增长率最高的是第三产业，也就是数字经济和服务业的融合程度最高。

（二）我国互联网应用普及程度较高

我国拥有庞大的互联网用户基础和活跃的互联网应用场景。互联网领域取得了一系列重要成果，如电子商务、在线支付、社交媒体、在线教育等。我国互联网用户数量和活跃度居全球前列，为数字经济的发展提供了坚实基础，并且随着我国经济社会的快速发展以及人民精神文化需求的提高，互联网将在我国更加普及，受益于互联网的人也将会更多。不仅如此，伴随着 4G、5G 技术等各种网络技术的不断发展，互联网与现实生活的联系也会愈加紧密，人们对互联网的依赖程度也会进一步加深。中国的互联网发展，呈现出以下几个特征：第一，进入平稳期的网民规模增长。第二，互联网基础资源稳定增长，产业雏形初现。第三，互联网为国家经济发展和信息化进程助力，不断渗透到经济和社会活动中。第四，互联网增强了政府的社会管理能力以及公共服务能力。第五，互联网应用多样化。第六，互联网产业管理日趋规范化。

（三）我国数字技术创新能力逐步提升，数字中国建设取得显著成就

截至 2023 年底，我国数字经济总量稳居世界第二，5G 基站总量占全球 5G 基站总量 66% 以上，网络基础设施世界第一。随着我国科技创新能力的不断增强，我国在一些前沿领域的数字技术研发和创新取得了重要突破。其中，在 5G 技术的相关产业和应用方面处在全球前沿地位，实现了全面领先；在高性能计算、北斗卫星导航系统全球覆盖和规模应用等方面也保持了优势；我国自主研发芯片能力稳步提高，大幅度提升了国产操作系统的性能；企业及科研机构也在人工智能、大数据、区块链等领域的技术研发和应用方面取得了令人瞩目的成就。新兴技术如人工智能、云计算、大数据、区块链、量子信息等，都在世界范围内处于第一梯队。

四、面临的挑战

我国数字经济的发展虽然取得了显著成就，但仍然面临着一系列深层次的挑战。比如，数字鸿沟问题、网络安全问题、数据隐私问题、人才匮乏问题等等，这些问题都是需要解决的。我国数字经济发展仍需加强基础设施建设、加强数据保护和隐私保护、加强人才培养和引进，以此来应对这些挑战。

（一）数字鸿沟问题

数字鸿沟（Digital Gap）是指在全球数字化进程中，由于信息和网络技术的拥有度、应用程度以及创新能力的差异，导致不同国家、地区、行业、企业、社区之间的信息差距，以及贫富进一步两极分化的趋势。在数字化改造过程中，城乡之间、地区之间、个体之间仍然存在着数字鸿沟。

一方面，一些发达地区和大城市在数字技术应用和数字经济发展方面取得了明显优势，而一些欠发达地区和农村地区数字化水平相对较低；另一方面，年龄、教育程度和职业等个人差异也导致了数字经济参与度的不均。要想缩小数字鸿沟，普惠数字经济，树立正确观念，加大执行力度，理性消除数字鸿沟，需要政府、企业、社会各方的共同努力。一是要走具有中国特色的信息化道路，借鉴国际通行政策与他国成功做法。二是加强基础设施建设，推广数字化技能培训，推动数字化服务向大众化、普惠化方向发展，促进数字经济更好地融合发展。

（二）网络安全和数据隐私问题

个人隐私泄露、网络攻击和数据泄露等问题对于数字经济的信任和发展产生了负面影响。黑客、网络罪犯和全国范围内的网络攻击分子不断寻求机会，对系统进行入侵，窃取敏感信息。随着数字经济的高速发展，网络犯罪、信息泄露等风险也凸显出来。此外，滥用数据和不真实信息也是数字经济面临的挑战。从社交媒体的造谣到虚假广告，不透明、不诚信的数据使用对用户和商家的伤害可能非常大。要应对这些挑战，需要政府、企业、学界和公众发挥作用，合力打造稳定安全的数字化生态系统。政府需要加强网络安全法规和监管措施，鼓励企业加强内部网络安全体系建设，加强数据保护和隐私保护，提高数字经济的安全性和可信度。为防范网络攻击和数据泄露风险，企业应加强内部安全措施，并投入到技术和人员培训等方面。学术界则可以为数字经济的发展提供支持，促进前沿研究，开发新的安全技术和方法。公众对自己的数据和隐私也要加强自身素养和安全防范意识，采取妥善的保护措施。

（三）人才培养问题

我国的数字经济人才相对来说是供给不足的，需要大量适应社会快速发展的数字经济人才。不仅如此，随着数字化新兴产业对人才的要求越来越高，员工技能的更新成为重中之重，其现有技能将无法满足新的岗位需求，应不断学习或接受培训以适应相关岗位的要求。对于未来而言，数字经济各领域需要具备技术、管理和创新能力的人才。具体地说，主要包括：数字化基础研发人才、数字化交叉集成人才、数字化管理人才。因此，政府、企业和高等教育机构需要密切协作，加强人才培养和引进。培养具备数字技术、数据分析、创新思维和商业洞察力的人才，提高数字经济从业者的综合素质和专业能力。加强对科技变革形势的研判分析，夯实我国数字经济发展的社会基础，抢抓机遇，赢得主动，提升全民数字经济素质和技能水平，从顶层出发，健全全面、系统、专业的数字经济人才培养体系，完善相关体制机制建设。

（四）国际竞争与合作问题

数字经济具有较强的国际性和跨界性，各国在数字经济领域展开的竞争和合作日益激烈。当前，百年变革的格局在加速演进，数字经济已经掀起了一股新的科技革命浪潮和产业变革发展浪潮。世界各国已经充分认识到发展数字经济的重要性，随着全球数字秩序和规则的竞合游戏越来越多，数字经济逐渐成为国际竞争的主赛道，数字经济的发展将成为新的竞争优势源泉，是新一轮全球产业竞争的制高点。我国作为全球最大的互联网市场和数字经济大国，需要积极参与全球数字经济治理，推动数字经济的发展和规范。同时，还需要加强国际合作，与其他国家分享经验和技术，共同应对数字经济发展中的共性问题和挑战。

五、未来展望

数字经济发展成为全球新一轮技术革命、产业革命的核心和发力点。在未来，数字经济有望在多个领域展现出更强的生产力和发展潜力。我国政府也将继续加大对数字经济的支持力度，完善政策法规和基础设施建设，进一步促进相关产业的发展。同时，数字经济的发展还需继续把人才培养和技术研发作为重要环节。政府、企业和高等教育机构可以加强合作，共同推动数字经济人才的培养和引进。此外，还应加强国际合作，积极参与全球数字经济治理，与其他国家携手共同促进全球数字经济的发展。总而言之，我国数字经济的发展现状呈现出快速增长、技术创新和产业融合的特点。我国数字经济规模不断扩大，互联网应用普及程度较高，数字技术创新能力持续提升。然而，数字经济发展仍面临一些挑战，需要进一步解决数字鸿沟、网络安全和人才短缺等问题。我国应加强政策引导，完善基础设施建设，增强数字经济安全性、公信力，培养一支能够推动数字经济与实体经济高度融合的高素质人才队伍，促进其健康发展。

第二节　我国数字经济发展的法律框架

一、信息化和互联网发展的基本法律

我国数字经济的发展依赖于信息化和互联网技术的支持，因此，信息化和互联网发展的基本法律是我国数字经济发展的基本法律框架。以下是我国相关法律的概述：

首先，我国制定了《中华人民共和国电信条例》等法律，为规范和市场化电信行业发展提供了法制保障。电信条例规定了电信业的经营范围、经营许可、电信服务质量、信息保护等问题，为数字经济的发展提供了必要的法律保障。

其次，我国制定了《国际计算机信息网络联网管理暂行规定》等法律，对国际计算机信息网络的管理、技术标准等进行了规定。该法律为我国互联网发展提供了法律框架和标准，为数字经济的跨境交流与合作提供了法律保障。

再次，我国制定了维护网络空间主权和国家安全、社会公共利益、保

护公民、法人和其他组织合法权益、促进经济社会信息化健康发展、为网络安全提供法制保障的《网络安全法》等法律。①《网络安全法》是网络安全法制体系的重要基础和数字经济发展的重要保障，是国家实施网络空间管辖的第一部法律，属于国家基本法律。其规定了网络基础设施安全、数据保护、网络安全监管等问题，为数字经济发展提供了必要的法律支持。此外，《网络安全法》的出台从根本上填补了我国综合性网络信息安全基本大法、核心的网络信息安全法和专门法律的三大空白。

最后，我国还制定了《电子商务法》，作为世界上第一部电商法，《电子商务法》的颁布和实施在全球及我国电子商务发展史上具有里程碑的意义。其规定了电子商务的基本规则和要求，包括电子商务经营者的主体资格、合同的订立和履行、消费者权益的保护等方面的内容。它的实施使电子商务服务更加规范化，电子商务运行更加公开化、透明化，使不诚信经营行为得到有效遏制，使数据利用更加规范。该法律为数字经济的电子商务领域提供了重要的法律保障。

二、数据保护和隐私权的法律规定

数字经济的发展离不开数据的获取和应用，因此，数据保护和隐私权的法律规定是数字经济发展的重要法律保障。以下是我国数据保护和隐私权的法律概述：

首先，我国针对个人信息的收集、使用、处理、传输和删除等环节，制定了专门的法律《个人信息保护法》，对个人信息的保护进行了规定。②该法律的出台和实施，为维护个人隐私权利、促进信息产业发展、加强个人信息安全保护、促进数字经济发展提供了基本的法律规范，具有十分重

---

① 李爱君：《中国大数据网络发展报告》，法律出版社2018年版，第27页。
② 刘红：《大数据时代数据保护法律研究》，中国政法大学出版社2018年版，第104页。

要的意义。《个人信息保护法》的实施，成为了保护个人信息安全和隐私的基础及前提，也为数字经济的健康发展提供强有力的保障。另外，《民法典》为适应数字经济发展的需要，对数据电文、电子合同、数据财产、网络侵权责任、个人信息保护等均作出原则性规定。此外一些相关法律法规也对个人信息的保护作了规定和加强，如消费者权益保护法、刑法修正案、征信行业管理条例等。

其次，我国也制定了《网络安全法》等法律来保障网络安全。该法律规定了网络运营者的安全保障责任，包括信息安全管理、网络安全事件的报告和处理等。我国刑法也对违反国家规定，侵入计算机系统，故意制作、传播计算机病毒等破坏性程序，或者利用计算机实施传统犯罪的行为定罪处罚。除此之外，国务院及相关部委还颁布了《计算机信息系统安全保护条例》等相关法规。

三、电子商务和电子支付的法律框架

电子商务和电子支付是数字经济的重要组成部分，因此，电子商务和电子支付的法律框架是数字经济发展的重要法律支持。以下是关于电商、电子支付的相关法律条文。

首先，我国制定了《电子签名法》，对电子签名的法律效力和确认标准进行了规定，开启了我国电子商务法制建设的新阶段，对规范电子签名活动、保障电子交易安全具有重要作用，是电子商务发展的里程碑，为电子签名在电子商务等领域的应用扫除了法律障碍。促进了中国电子商务的快速发展，也为其正当性、信用性提供了法律上的保证。

其次，我国还针对电子商务经营者的主体资格、合同的订立与履行、电子商务经营者的主体资格等问题制定了《电子商务法》等法律。该法在法律上为数字经济在电子商务领域提供了重要保障。

最后，我国还制定了《支付结算法》等法律，对支付结算的法律规

则和要求作出了规定。该法为电子支付领域的数字经济提供了必要的法律保障。

四、人工智能和大数据的法律规制

人工智能和大数据是数字经济发展的新兴领域，由于其复杂性和高风险性，需要制定相应的法律规制。以下是我国人工智能和大数据的法律规制：

首先，我国制定了《人工智能发展规划》等法律，对人工智能的发展方向、技术标准、应用领域等方面进行了规定，提供了基本的法律支持。

其次，我国还制定了《大数据安全管理办法》等法律，规定了大数据的安全管理和使用规则。这一法律为数字经济在大数据领域提供必要的法律保证。

最后，为保障数字经济的健康发展，我国还在不断完善人工智能、大数据等方面的法律规制。

简而言之，中国数字经济的发展离不开法律法规的保障。我国制定了一系列信息化、互联网、数据保护、电子商务和人工智能等方面的法律和政策，为数字经济发展提供了必要的法律保障。为了保护数字经济的安全性和可信度，我国应进一步完善数字经济的法律框架，加强数字经济的监管和安全保障，促进数字经济的快速健康发展。

第三节　国内数字经济地方立法概况

数字经济的快速发展让立法机构也意识到了数字经济的重要性，许多地方政府开始加强数字经济的相关立法工作，积极推动数字经济的发展。本节将从国内数字经济地方立法的概况、现状和发展几个方面进行探讨。

一、国内数字经济地方立法的概况

数字经济的快速发展让各地方政府意识到了其重要性，尽管在国家层面已经出台了一系列数字经济发展的法规和政策，但各地方政府仍然需要根据本地区的实际情况来制定相应的地方性法规。目前，各地方政府在数字经济领域的立法工作主要围绕以下几个方面：

（一）互联网信息安全法规制

数字经济发展过程中必须关注的方面就是网络安全问题。各地方政府积极开展相关立法工作，制定了一系列互联网信息安全法规制，旨在保障数字经济的安全性和可信度。

（二）电子商务的法律规制

电子商务已经成为数字经济的重要组成部分，随着数字经济的发展，越来越多的商业活动开始向线上转移。各地方政府也纷纷出台了相应的电子商务法规，以保障消费者权益和数字经济的健康有序发展。

（三）数据保护和隐私权的法律规制

数字经济的发展离不开数据的获取和应用，因此，数据保护和隐私权的法律规制是数字经济发展的重要法律保障。各地方政府也开始加强相关立法工作，制定一系列数据保护和隐私权的法律规章。

二、国内数字经济地方立法的现状

尽管数字经济在国内快速发展，但各地方制定数字经济相关法规的进展却不尽相同。有的地区立法较为积极，出台了多项数字经济的法律和政策；有的地区则相对滞后，立法进展较为缓慢。2020 年 12 月 24 日，《浙江省数字经济促进条例》出台，这是全国第一部专门以促进数字经济发展为主要内容的地方性法规，并对国内其他地区的数字经济立法起到了引领示范作用。随后，各地相继出台了数字经济促进条例，数字经济立法工作在一些数字经济规模较大、增长速度较快的地方进入了快速发展阶段。截至 2023 年底，各省市出台的数字经济促进条例已达到了 12 部，其中省级 7 部，发布省市分别为浙江省、河南省、江苏省、山西省、广东省、河北省和北京市；设区的市级 5 部，分别为广州市、深圳市、汕头市、南昌市和石家庄市。以下为各省市数字经济立法现状：

1. 北京市：作为我国首都，北京市一直以来都是数字经济发展的重要中心，其立法工作也非常积极。从优化数字基础设施建设，促进数据资源开发利用，做大做强数字经济产业，推动智慧城市建设，到强化数字经济安全保障措施，北京市政府于 2022 年 11 月颁布了《北京市数字经济促进条例》，从各个方面多角度指明了北京数字经济产业发展的前进方向，为加快建设全球数字经济标杆城市提供了法治保障。

2. 河南省：《河南省数字经济促进条例》是标志着河南省数字经济发展进入法制化、规范化、精品化发展阶段的综合性法规，是我国第三部省级数字经济法规，为促进数字经济发展，全面建设数字经济强省，促进经济社会高质量发展提供了法律保障。

3. 江苏省：江苏省于 2022 年 5 月发布了《江苏省数字经济促进条例》，是江苏数字经济领域首部地方性法规。《条例》立足江苏实际，对构建全方位数字经济发展推进体系，加快打造全国数字经济创新发展新高地具有重要意义。

4. 浙江省：浙江省政府早于 2020 年 12 月 24 日就出台了《浙江省数字经济促进条例》，明确了数字经济的法律定义，同时对数字产业化和产业数字化也作出了法律支持和保障，这是我国第一部规定促进数字经济发展的地方性法规，并且浙江省在推进数字经济创新发展的同时，也注重数字经济与其他产业的融合与发展。

5. 广东省：广东省一直以来都是中国经济发展的重要引擎，数字经济的发展也非常活跃。广东省政府颁布的《广东省数字经济促进条例》，是国家公布数字经济及其核心产业统计分类以来，第一部充分彰显广东改革创新精神和地方立法特色以及"十四五"期间全国首部聚焦"数字产业化和产业数字化"两大核心的地方性法规，为今后广东数字经济发展划定了工作重点。在广东省立法带动下，广州市、深圳市和汕头市分别制定了市级数字经济（产业）促进条例。

6. 河北省：河北省人大常委会出台《河北省数字经济促进条例》，充分发挥立法的主导作用，依法解决河北数字经济发展的实际问题。《条例》立足省情实际，提炼为法、总结为法、完善为法，将有效的改革举措和创新经验填补地方立法空白的做法固化下来。此后，该省石家庄市于 2023 年 12 月制定了市级数字经济促进条例。

7. 山西省：山西省政府于 2022 年 12 月发布《山西省数字经济促进条例》，通过明确各方职责、财政、金融、人才、用地、用电等多方面支持措施，从数字化产业化、产业数字化、数据价值化、治理数字化四个方面强化抓手，紧扣促进发展的立法目的，服务于保障数字经济与实体经济的深度融合。

8. 江西省：目前江西省省级数字经济促进条例尚未出台，但该省南昌市于 2022 年 12 月制定发布江西省首部关于数字经济立法的市级地方性法规。该《条例》共 8 章 69 条，包括数字基础设施建设、数字产业化、产业数字化、治理数字化、数据资源和数据安全、保障措施等内容。《条例》的实施，将对南昌市加快数字技术与实体经济深度融合，打造数字经济发展高地发挥重要作用。

整体来看，现有的地方数字经济促进条例具有以下共同特点：一是对于数字经济的发展都十分重视，并且结合本地区实际情况因地制宜确定数字经济发展的战略原则、总体方向及相关体制机制；二是明确发展目标和要求，突出数字工业化、工业数字化及治理数字化的发展重点；三是紧紧抓住数据资源和数字基础设施建设两个核心要素，明确目标要求和重点措施；四是努力为数字经济的健康发展创造良好的社会环境，提出了具体的奖励政策和治理保障措施。总而言之，我国数字经济地方立法已经颇具成效，一些典型省市通过制定相关法规和政策，为数字经济的发展提供了良好的法律保障和政策环境，富于改革创新精神。然而，数字经济的发展仍在变革中，立法工作需要不断完善和更新，以更好地适应其发展和挑战。

三、国内数字经济地方立法的发展展望

数字经济对于我国未来发展具有至关重要的作用，是我国经济发展的主要方向之一，各地方政府需要深刻认识到这一点，并进一步加强数字经济相关立法工作，为数字经济的健康发展提供必要的法律保障。以下是一些数字经济地方立法的发展展望：

（一）完善互联网信息安全法规制

数字经济发展需要关注的重点仍将是网络安全问题。各地方政府应该加强网络安全立法，完善互联网信息安全法规制，以保障数字经济的安全可信度。

（二）推动数字经济发展的专项法规

数字经济在我国的发展很快，需要有更好的法规来保障其发展。各地方政府可以结合本地区的数字经济特点和需求，加强数字经济发展的专项法规制定。

（三）加强智能科技和大数据方面的立法工作

智能科技和大数据是数字经济领域的新兴技术，其应用和发展也面临着许多法律问题和挑战。各地方政府需要加强相关立法工作，完善智能科技和大数据的法律规制。

综上所述，数字经济是未来经济发展的重要方向之一，各地方政府需要加强数字经济相关立法工作，制定更加完善的数字经济法规，为其健康

发展提供必要的法律保障。

四、总结

我国数字经济地方立法在一些典型省市取得了较为显著的成绩。通过制定一系列的法规和政策，这些地方政府为数字经济的发展提供了法律保障和支持，推动了数字经济的健康发展。这些法规和政策明确了数字经济发展的目标和政策导向，鼓励创新、保护数据安全和隐私权，促进数字经济与其他产业的融合发展。

然而，也要认识到数字经济地方立法仍面临一些挑战。数字经济的发展速度快、技术变革快等特点使得立法工作需要不断跟进和更新。同时，各地方政府在立法过程中还需加强与企业、学术界等各方的沟通和合作，形成良好的合力，最大化发挥数字经济立法效果。

第四节　国内数字经济地方立法的局限性

虽然目前我国数字经济地方立法已经取得了一定成效，但是这些地方立法在实践中也存在一些局限性，限制了数字经济的健康发展。本节将从几个方面探讨国内数字经济地方立法的局限性。

一、自身存在多方面局限性

（一）视野局限

一方面，这些地方立法在实践中处理数字经济领域的不同问题时，往往仅把着力点放在本地区数字经济的发展上，而对宏观上的国际问题、国家问题以及地方企业竞争力的提升等方面不够重视。这就会导致地方数字经济立法容易陷入不同形式和程度的地方保护，出现限制竞争甚至排除竞争的结果。① 另一方面，数字经济立法需从顶层出发，制定符合事实逻辑和法律逻辑的基本原则规范。但因目前地方数字经济立法并没有统一的上位法，对相关主体的权利、政府与市场的关系等的核心概念和基本制度界定不一致，不利于法律制度的统一发展。②

（二）利益局限

大多地方数字经济立法规定的主体仅限定于地方政府以及地方企业，但实际上发展数字经济并非只是地方政府、地方企业的事，中央政府、中央企业乃至外商投资企业、外国企业等也起到了极为重要的作用。地方立法在体制机制、调控范围、利益表达等方面往往不顾及其他主体，容易受到地方政府、地方企业的控制或影响。

（三）经验局限

这些地方立法虽然名称相同，但整体结构却各有差异，甚至差距较大，条文数量相差最多时竟然达到了 27 条，这在某种程度上也反映了各个地方在立法经验和专业人员配置两个方面存在的不均衡现象。

（四）责任局限

虽然部分地方立法对法律责任作出了规定并设置成专章，但大多却对此持回避态度。这与数字经济发展中各方职责认识存在差异，缺乏统一的上位法依据之间不无关系。

（五）竞争局限

从世界历史发展来看，产业政策与竞争政策的矛盾运动，本质上是社会生产活动的公共利益与特殊利益在政治、法律上的反映。在我国的经济政策体系中，产业政策与竞争政策之间既有趋同的一面，也有背离的一面，二者之间的冲突体现出政府主导的产业促进措施与市场主体平等竞争

---

① 席月民：《我国需要制定统一的〈数字经济促进法〉》，《法学杂志》2022 年第 5 期。
② 刘小妹：《数字经济立法的内在逻辑和基本模式》，《华东政法大学学报》2023 年第 4 期。

要求之间的矛盾性与协调性特征。地方促进型立法通常对全国统一市场的理解比较模糊，为提升本地企业的竞争力，容易陷入不同形式和不同程度的地方保护之中，容易出现排除或限制竞争的政策结果，进而形成竞争盲点。

二、立法重复导致立法资源浪费

从 2020 年到 2022 年的短短两年时间里，20 多个省市就数字产业化、产业数字化建设、数据要素市场培育等内容出台了 30 多项数据与数字经济立法，内容大同小异。有学者警示，要警惕各地"攀比""盲目照搬"，避免让数字经济推动立法成为新的"现象级政绩"，走进泛立法主义的说法式的立法误区。为避免因分散立法而形成立法资源浪费，对具有共性的立法内容，可以由更高层级的立法机构进行统一立法。[①]

三、立法滞后于技术变革

数字经济的迅猛发展使得科技创新和技术变革不断涌现，然而，地方立法可能滞后于数字经济技术变革的速度。随着新兴技术的涌现，数字经济的业态和模式也在不断变化，传统的法律框架可能无法全面覆盖新兴领域的问题。因此，地方立法需要更加具有灵活性和适应性，及时对新技术、新业态进行规范，以保证相关法规的针对性和有效性。

四、缺乏统一的标准和规范

在数字经济领域，不同地方的立法标准和规范存在较大差异。尽管这些地方条例先行一步，各具特色，但仅着眼于本地区数字经济的发展，并未考虑与国家顶层设计和统一制度供给之间的兼顾协调，换言之其都是立

---

① 纪荣荣：《关于地方立法权限与立法规模控制》，《人大研究》2018 年第 1 期。

足于地方经济立法需求，局限于自身立法的基本格局。这种差异可能导致企业在不同地区经营时面临不同的法律环境和要求，增加了企业的经营成本和法律风险。因此，需要制定更加统一的标准和规范，以促进数字经济的跨地区合作和互联互通。

五、难以平衡数据保护与数据利用

数字经济的核心之一就是数据的采集、加工和利用。如何平衡保护数据和利用数据的关系，是地方立法中的重要课题。一方面，要保障个人隐私和数据安全，保证数据使用合法、公正、安全；另一方面，也需要鼓励企业在推动数字经济创新发展的同时，合法利用数据。在实践中，如何找到平衡点并制定相应的法规制度仍然存在挑战。

六、缺乏配套的法律保护体系

数字经济具有复杂的产业链和价值链，其中包括数据收集、处理、存储、传输等环节。在地方立法中，可能存在一些环节缺乏相应的法律保护体系。比如，在数据治理上，可能会出现需要更完善、更细化的法律条款来解决的数据交易纠纷、数据安全漏洞的情况。因此，为保障数字经济平稳运行和健康发展，地方政府需要对数字经济的法律保障体系进行更加全面、系统的建设。

七、总结

虽然国内数字经济地方立法在一定程度上发挥了正面效应，但也存在一定的局限性。面对技术变革的速度、缺乏统一标准和规范、数据保护与利用的平衡、缺乏配套法律体系等一系列问题，地方立法需要不断完善，跟上数字经济发展的步伐。同时，政府、企业、学界等各方也需要加强合作，形成共同推动数字经济健康发展的协同效应，

　　虽然数字经济地方立法面临一些挑战，但随着政府和社会对数字经济的日益重视和深入了解，这些问题也将逐渐得到解决。加强立法的适应性和灵活性，促进法律与技术、产业的有机结合，将为数字经济的繁荣和可持续发展提供有力的法律保障。

　　综上所述，在新时期我国数字经济高速发展的背景下，用法律手段规制和促进数字经济高质量发展的需求也愈发强烈。由于数字经济相关法律法规及政策在治理目标和方式等方面存在差异性，所以在具体规则设定上需进一步协调。同时，理顺生产要素和生产关系以及市场竞争和监管治理，这些都是数字经济新业态、新模式发展带来的需求，需要跨部门、跨行业、跨地区的协调配合。要正确把握审慎与促进的关系，具体体现在构建数字经济领域开放共赢的国际合作格局中，以及在推动数据跨境流动、跨境电子商务发展的"先行先试"探索中，以立法的方式保障跨境新技术、新业态、新模式的发展。通过加强立法与技术创新衔接，建立统一标准规范，平衡数据保护和数据利用，构建与之相配套的法律保障体系，进一步完善数字经济地方立法，为数字经济健康发展提供更加有力的保障和支持。

第 四 章

数字经济地方立法总则

第一节　数字经济地方立法的宗旨

2016 年在杭州举行的 G20 峰会上，正式签署了《二十国集团数字经济发展和合作倡议》，并在其中提出了"数字经济"这一新议题，并明确了其内涵和发展方向，将"数字经济"的维度从"三"上升到"四"。[①]在当今时代，数字经济已经成为推动全球经济发展的重要力量，并成为推动国家转型与升级的重要力量。为适应数字经济迅猛发展，迎接数字化浪潮所带来的各种挑战，国内各级政府都在加大数字经济地方立法方面的探索与研究力度，如 2020 年浙江省出台的《浙江省数字经济促进条例》、2023 年南昌市出台的《南昌市数字经济促进条例》，不仅为我国其他省、市出台数字经济地方立法提供了参考，还为中央数字经济立法的研究提供了试点。目前我国暂未出台国家层面的数字经济立法，纵观已有的地方立法规范和现有的政策指导，数字经济地方立法设置的目的就是推进、加强数字经济领域法治建设，促进数字经济健康可持续发展和为中国数字经济腾飞提供扎实可靠法律保障。

[①]　王旭：《数字经济立法的概念选择》，《广西政法管理干部学院学报》2021 年第 5 期。

一、促进数字经济发展与创新

随着资讯科技的飞速发展，数字经济展现出惊人的革新与成长能力。在此基础上，通过地方法律法规的完善，为我国数字经济的发展提供有力的法律保证。制定法律法规，是为了促进数字技术和经济的深度融合，打破数字经济的发展困境，激发市场主体创新的积极性；也是为了应对时代的需求，是技术发展和法律健全良性互动的成果。习近平总书记提出新常态需要新动力，数字经济对此大有可为，对于促进产业转型、优化经济结构、推动高质量发展等方面都蕴藏着巨大的潜力和强大的力量。[①] 数字经济的关键要素就是数据，目前国内外对于数据的规定在不断完善当中，但都未对数据权属问题进行解答。数据财产权制度属于民事基本制度的范畴，但是根据立法规定，又是属于法律保留的事项之一。

二、保护数字经济参与主体的合法权益

数字经济的发展离不开参与主体的支持和努力，包括企业、创业者、消费者等。地方立法应保障数字经济各参与方知识产权、财产权、隐私权及其他合法权益的有效维护。制定并实施行之有效的法律法规强化数字经济活动监管、规范市场秩序、保障公平竞争环境。数字经济的法律体系中不仅需要囊括对数字经济进行确权、开放共享和交易等基本内容，还需要对数据市场监管的职权进行配置，发展多元共治的局面，对数据的滥用和不当使用行为严厉打击。数据是数字经济的核心生产要素，要积极扫除阻碍数据要素价值释放的因素，完善数据安全和隐私管理。

---

① 钱志新：《数字新经济》，南京大学出版社 2018 年版，第 97 页。

三、推进数字经济与社会治理的深度融合

数字经济的蓬勃发展给社会治理带来了新的机遇和挑战。地方立法应当以数字经济为引领，加强与社会治理的协同与融合。通过数字技术的应用，提升社会治理的效率和质量，推动数字政府建设和电子政务发展，构建信息化社会治理新格局。对于数字经济在发展过程中所产生的跨领域、跨地域、高隐蔽性治理新课题应得到积极回应，并强化大数据、人工智能、区块链等新一代技术有效利用，充分发挥时效性与精准性作用。[①]

四、加强国际合作与交流，促进数字经济的全球发展

随着世界范围内的不断扩大，数字经济正逐渐突破国家界限，在世界范围内发挥着越来越大的作用。地方立法应当积极参与国际交流与合作，借鉴他国的经验和做法，共同面对数字经济发展中面临的挑战和问题。积极参与国际交流，加强国际合作，推动数字经济全球治理体系的建设，为数字经济的全球化发展作出积极贡献。[②] 数字经济已经成为改变人类发展方式，促进世界经济发展的一个主要手段。党的十八大以来，也对数字经济的理论和实践问题进行了阐述，并且将其上升为国家战略。需要突破数字经济发展的障碍，最主要的几个方面在于要突破核心技术、筑牢数字技术基础、筑牢网络安全屏障，要做到技术标准、核心技术、核心元件等自主可控，在发展数字经济中占据主动和话语权。

---

① 蒋媛媛：《中国数字经济宏观影响力评估》，上海社会科学院出版社 2021 年版，第 133 页。

② 中国电子信息产业发展研究院：《数字丝绸之路》，人民邮电出版社 2017 年版，第 334 页。

第二节 数字经济地方立法的基本原则

一个新生事物产生的作用势必是两面的，有利也有弊。数字经济如火如荼地发展的同时虽然便利了人们的生活，但也对现有的法律体系提出了新的挑战。数字经济的发展促进了经济形态、经营模式、行为方式以及社会关系的改变，并引发了新的关注点，也就是需要对新的权利、事物进行确权（是否和普通的财产具有一样的权利属性）、如何对新事物进行法律保护、市场规则要如何顺应事物的属性、是否需要重新制定规则、政府又应当承担什么角色、分配哪些职能，通过制定和构建科学、合理的法律框架与规则有利于法律责任的分配，预防技术风险、化解社会冲突等。[①] 而原则对数字经济立法起着指引与导向作用，因此在数字经济立法过程中应需遵循以下原则：

一、不抵触原则

数字经济地方立法应坚持不抵触原则。近年来，数字经济正成为推动社会发展和治理创新的重要引擎。为适应数字经济快速发展的趋势，我国各地方政府纷纷加强数字经济地方立法工作，为数字经济发展提供良好的法律环境和保障。然而，在制定数字经济地方立法时，必须坚持不抵触原则，确保与相关法律法规相协调。[②] 具体而言，这一原则包括纵向不抵触与横向不抵触两个方面。

首先，纵向方面，我国实行的立法体制既是统一的，又是分层次的。这也为数字经济地方立法奠定了基础，要求既要符合宪法、组织法、立法

---

① 何亮亮：《论我国数字经济立法的必要性》，《中国集体经济》2018 年第 30 期。

② 李建喆：《我国地方立法"依法立法原则"探究》，《黑龙江人力资源和社会保障》2022年第 9 期。

法等规定的事权范围，又要排除宪法保留、法律保留等专属立法事权。也就是数字经济地方立法要坚持不违背宪法、组织法、立法法和其他国家级法律法规的原则。宪法作为国家根本法的同时，组织法和立法法等为法律基本原则及程序的制定和规范奠定基础。数字经济地方立法应在充分尊重国家法律法规的基础上，制定适应地方实际情况的具体措施，确保与宪法、组织法、立法法的要求相一致。同时，数字经济地方立法也要排除宪法保留、法律保留等专属立法事权。① 具体到本文所述的数字经济立法中的数据归属问题，若将数据视为一种资源，并参照《宪法》第九、十条中有关自然资源所有权的条款进行推理，则个人资料、企业资料及公众资料的所有权则应当受宪法的规范；从《立法法》第十一条有关"法定"的角度看，"基础经济制度"是我国人民代表大会和常务委员会的独占立法权力，"基础经济制度"的产权是依法确定的；在《立法法》第十一条规定的情况下，如果数据是一种特殊的财产权利，该如何处理？《民法典》第116 条对"物种的类型、内容等都是法律所确定的"所作的规定，数据权属亦应由法律予以规定。也有学者提出，数据价值作为数字经济的重要因素，其价值大多在于对它的使用，而不是对它的占有。主要体现在不同的情境下，数据通过不同主体开发、使用、综合、分析、提升、加工，数据被反复、来回地加工、使用，数据价值得到提升，大数据的非独占性、非排他性特征得到充分体现。② 因此，还可以不对信息的财产权进行定义，只重视对信息的利用，而忽视对信息的所有权。实践中，大多数地方数字经济立法采取了法益保护替代权利创设的进路和策略，③ 规避了因可能超越立法权限导致的合法性、合宪性风险。但是目前福建、重庆和山西明确

---

① 蒋云飞：《数字经济地方立法：进展、特点与展望》，《人大研究》2023 年第 8 期。

② ［英］维克托·迈尔、舍恩伯格、肯尼思·库克耶：《大数据时代：生活、工作与思维的大变革》，盛杨燕、周涛译，浙江人民出版社 2013 年版，第 156 页。

③ 周樨平：《大数据时代企业数据权益保护论》，《法学》2022 年第 5 期。

政务数据归国家所有的情况，当中福建和山西把政务数据并入国有资产管理中，未能正确把握立法权限和制度创新之间的关系，违背宪法精神、法律保留原则以及物权法定原则的合法性与合宪性。此类错误是数字经济立法过程中所不能犯的，数字经济立法全过程都应坚持合法、合宪。

其次，横向方面，数字经济地方立法应坚持与其他已出台的如《反垄断法》《反不正当竞争法》等数字经济运行的内在规则不抵触。数字经济背后所涉及的大数据、人工智能、云计算等技术正在深刻改变着我们的生活方式和商业模式。面对数字经济的快速崛起，数据的安全和合规显得尤为重要，地方在立法的过程中也应注意到与数字市场规范、数字技术规范等数字经济运行的法律法规的衔接与融合。此衔接与融合将促进技术进步与法律变革两方面的良性发展，如数字经济地方立法与《反垄断法》相衔接，能够鼓励竞争，促进市场的公平与效率。数字经济的崛起带来了巨大的技术和商业机遇，但同时也带来了一些新的竞争问题。在数字经济领域，平台经济的垄断现象日益严重，这不仅会限制市场的竞争，还会损害消费者的利益。因此，数字经济地方立法与《反垄断法》相协调，能够规范市场秩序、打破垄断局面，促进数字经济的公平竞争，保护消费者的权益。又如在数字经济领域，一些企业可能会采取不正当竞争手段，通过虚假宣传、恶意抢占市场份额等方式，破坏市场的公平竞争环境。将数字经济地方立法和《反不正当竞争法》进行衔接和整合，可以强化对不正当竞争的打击和规制，建立健康有序的市场环境并推动数字经济可持续发展。此外，数字经济中所包含的数据价值也构成了其关键运行逻辑。包括个人数据、企业数据、公共数据三大类数据价值。数字经济的发展与个人数据的收集、处理、利用息息相关，企业数据价值能够通过数字经济运行的内在规则来保护，而个人数据往往涉及个人隐私。为了保护个人隐私权和数据安全，各地方在制定数字经济立法时也需考虑个人隐私保护的法律法规，在确保数字经济发展的同时，个人数据的合法权益也得到充分保障。

数字经济地方立法的有效制定不应削弱个人隐私权利，而应在维护个人隐私安全与数字经济发展之间找到平衡点。

总之，为了推动数字经济的可持续发展，各地方政府在制定数字经济地方立法时应坚持不抵触原则。这一原则涵盖了纵向不抵触与横向不抵触两个方面，要求与宪法、组织法、立法法等国家级法律法规相协调，同时与数字经济运行的内在规则及个人隐私保护等法律法规不抵触。只有在坚持不抵触原则的基础上，数字经济地方立法才能更好地为地方经济发展提供支持，为数字经济发展奠定坚实的法律基础。

二、民主性原则

近年来，数字经济的迅猛发展给各地经济带来了巨大的机遇和挑战。数字经济的兴起，对地方立法提出了更高的要求，需要坚持民主原则，让多元主体共同参与制定，以确保法律的科学性、公正性和合理性。数字经济的兴起，让人们逐渐认识到地方立法在数字经济中的重要地位。数字经济的繁荣发展在带来全新商业模式与增长点的同时，还改变着人们生活方式与工作方式。数字经济地方立法不仅关系到企业的发展和社会的进步，也关系到广大民众的生活福祉与权益保障。

在数字经济地方立法中，我们应坚持民主原则，确保各方利益得到充分尊重和平衡。[1] 首先，要建立广泛的参与机制，充分听取各方面意见建议。地方政府可采用民主咨询和听证会的形式，征求公众和企业的意见，使其在立法过程中能够发表自己的看法和诉求。其次，要加强与专业机构和行业组织的合作，听取他们的专业意见和建议，确保立法的科学性和有效性。此外，还要注重社会各界的监督，确保立法的透明度和公正性。征求意见有助于立法机关掌握突出矛盾、主要问题等，能够有效提升法律条

---

[1]　宋方青：《习近平法治思想中的立法原则》，《东方法学》2021 年第 2 期。

文的前瞻性，杜绝盲目性和不实用性，做到有效整合资源，减少立法成本，提升立法质量和立法效率。

同时，在数字经济地方立法中，我们需要让多元主体共同参与。数字经济是一种多元化的经济形态，涉及多个领域和多个利益主体。因此，我们应该鼓励各种主体的参与，包括政府、企业、学术界、媒体和公众等。只有各方充分协商和沟通，才能制定出适应数字经济发展需要的法律和政策。以现有的立法实践为经验，总结出多元参与有以下要点：要充分发挥人大及其常委会的主导作用、强化政府的监督效能、充分保障各部门和各社会成员的参与、提高立法的落实。数字经济地方立法是一个复杂而重要的任务，我们应该坚持民主原则，让多元主体共同参与制定，以确保数字经济的健康发展和社会的繁荣。

最后，数字经济地方立法还需注重与国家法律体系的衔接和协调。数字经济具有跨地区和跨国界的特点，要想真正发挥数字经济的潜力，需要有一个统一的法律环境和规则体系。因此，在地方立法过程中，要与国家法律的制定者和监管部门保持密切的沟通和协调，形成上下一致的法律框架。

三、科学性原则

数字经济地方立法要遵循科学性原则。科学性原则是指客观性、科学性、公正性、透明性的原则。地方立法机关应该全面了解数字经济的特点和发展趋势，充分听取各方面的建议和意见，在制定法律法规过程中坚持科学性，严格遵循科学规律，确保立法的合理性和有效性。[①]

首先，数字经济地方立法要规范政府和市场之间的关系。数字经济领

---

① 樊安、樊文苑：《地方性法规立法的理念更新与路径选择——以科学立法原则为指引》，《学术交流》2020 年第 12 期。

域中，政府与市场均扮演着重要角色。政府应该通过合理的政策和监管来推动数字经济的发展，同时保护市场的公平竞争环境。地方立法应当明确政府的职责和权力，规范政府在数字经济领域的行为，确保政府的行为在法律框架内进行，并且符合公众利益。例如欧美国家出台了数据治理法、数字市场法、数字服务法等监管法律，期望通过创新监管手段来保护本国和本地区产业的全球竞争力①；英国制定了一部特殊的数字经济促进法——《数字经济法（2017）》；另一些国家则在建设法律框架，以推动数字经济良性发展。我国颁布了消费者权益保护法、数据安全法、个人信息保护法、反不正当竞争法和反垄断法等，在一定程度上也明确了数据使用的底线，但是否有必要采取措施强化政府在数字经济资产积累、交易与分配过程的作用，成为数字经济立法的关键因素。

其次，数字经济地方立法应寻求个人隐私与维护公共利益之间的价值平衡。一方面，数据经济的迅猛发展，带来了许多机遇与挑战，充分释放数据价值，发挥数据对经济的叠加、放大作用，事关全球经济发展；另一方面在大数据时代下，数据流通迅速推动个人隐私泄露风险增大，矛盾不断升级。如何在个人隐私和维护公共利益之间进行权衡，成了当前数字经济地方立法中亟待解决的首要课题。数字经济的快速发展和不断变化的特性要求立法机关具备创新的思维和灵活的机制。地方立法应该及时跟上数字经济的脚步，不断创新法律法规的内容和形式，使其能够适应数字经济发展的需求，促进数字经济的创新，为经济发展注入新的动力。同时，数字经济是为人民创造价值的工具和手段，地方立法应该充分考虑人民利益和社会效益，保障数字经济发展与社会需求相一致，推动社会公平正义得以实现。立法过程中要加强同各方的交流协商，征求各方意见，切实维护

---

① 王磊、郭珃：《欧美数字经济立法最新动态、基本特征及对我国启示》，《中国经贸导刊》2022年第3期。

民众知情权、参与权以及表达权，让民众成为数字经济的真正受益者。以尊重民意为前提进行持续创新，才能在个人隐私和保障公共利益中寻求价值平衡点。

再次，数字经济地方立法应平衡多元主体多种权利，构建数据权利位阶和权利体系。数字经济时代涌现出了众多主体，包括企业、个人、政府等。地方立法应该依法平衡各种主体的权利，保护企业的合法权益，保护消费者的权益，同时也保护公众的权益。通过建立健全的法律体系，明确各种主体的责任和义务，实现多元主体共同发展的目标，形成政、企、其他组织、个人等社会主体多元参与，有效协同的治理机制。有学者提出，数据权是一个包含不同主体在相同客体上所涉及的人格、隐私、财产等多方面权利的集合。[1] 在一组权利中，价值位阶决定了什么权利应当优先保护。具体到本文所述的数据，优先个人数据还是企业数据代表着两种不同的价值位阶，进而影响着不同类型的市场模式，形成了不同的数字经济发展共同富裕。因此，我国数字经济地方立法的理想形态，应是在共同富裕的发展战略下，以促进数字经济领域公平正义为价值导向，不断丰富和拓展数字权利种类和内容，不断创新数字应用机制，平衡数据使用者、数据从业者及其他权利人之间的关系，构建数据权利位阶和权利体系。

最后，数字经济地方立法应动态平衡发展与安全之间的关系。数据在数字经济中起着重要作用，但数据的流通性特点也带来了诸多风险，如何在保护数据安全的同时维护数据相关行业的利益，是一个长期难题。对数据安全的过度重视会妨碍对数据价值的理性使用，从而影响其功能和作用的实现；过分追逐数据经济利益会导致数据被不正当甚至非法利用，侵害数据相关利益主体的权益。所以，正确地认识数据安全和发展之间的关系

---

[1] 闫立东：《以"权利束"视角探究数据权利》，《东方法学》2019 年第 2 期。.

于二者本身来说是非常有意义的。《数据安全法》第十三条即已明确了在国家统筹中谋求数据安全和开发利用并举，并在两者动态平衡和协同发展中确保数据安全和数据开发利用。但数据发展与安全的动态平衡并非易事，两者既存在冲突，也存在协同。数字经济的发展主要源自于市场的自我调节，主张减少政府机关的行政干预，而安全的实现又需要政府行政权力的介入，强调公权力对社会公共利益的调节。① 因此，数据发展与安全的实现对于政府干预的程度提出了不同的要求。从协同角度来看，数据产业的发展能为数据安全提供支持，而数据安全的完善能促进数字产业的发展。总体来说，冲突是短期的，协同是长期的。因此，实现"发展与安全兼顾"需要协调冲突与协同之间的矛盾，数字经济地方立法应当在冲突与协同中进行取舍，协同数据自由与数据管制之间的矛盾。一方面，对一些重要产业、战略资源、高新技术、重要设施产业等实行数据安全可控；另一方面，充分激活数据经济价值，实现数据的平衡利用，确保安全与发展之间的动态平衡。另外，地方立法也需注意防范"泛安全化"思维，不能以防范安全风险为由，动辄提高数字市场准入门槛，甚至遏制、打压新兴产业的出现，阻碍数字经济市场的创新发展。

第三节　数字经济地方立法的作用

立法的作用在数字经济领域尤为重要。通过数字经济地方立法，制定相关法律、法规和政策，可以引导和规范数字经济的发展，从而促进经济的增长和创新。

---

① 朱雪忠、代志在：《总体国家安全观视域下〈数据安全法〉的价值与体系定位》，《电子政务》2020 年第 8 期。

一、数字经济地方立法可以提供法律保障，明确数字经济在当地的发展方向和政策导向

数字经济的快速发展带来了许多新的业务模式和技术应用，这些创新往往超出了传统法律的范畴。通过立法，政府可以制定合适的法律框架来解决数字经济中出现的法律问题，为数字经济提供可靠的法律保护，使市场秩序更加稳定和可预测，为企业和创新者提供稳定的法律环境，激发其发展的信心和动力。同时，数字经济地方立法还可以加强对数字经济产业链条各个环节的监管，规范企业的行为，维护市场秩序，推动数字经济的健康有序发展。发展数字经济、促进数字产业化、产业数字化有序发展，亟须充分发挥法律规则对数据开放、产权保护、数据交易等方面的调整、引导、规范功能，尽快建立健全数据开放制度，及跨境传输和安全保护等有关政策法规和标准体系。

二、数字经济地方立法可以规范数字经济市场行为

技术规范可以指引数字经济发展，而法律规范却也是不可或缺的内容。数字经济的快速发展带来了许多新的市场行为和商业模式，但其中也存在着不合理竞争、信息不对称等问题。通过立法，政府可以规范数字经济市场中的竞争秩序和行为准则，维护市场的公平与公正，保护消费者的权益，推动数字经济市场健康有序发展。对于数字经济治理框架和规则体系的完善，也会进一步促进协同监管机制健全。数字经济是一项时代发展产生的新生事物，应当持包容且谨慎的态度。包容不等同于放松监管，如果不设置底线，极易对安全造成隐患。要正确地对待促进数字经济的发展和规范发展行为之间的关系，平衡发展和安全的天平。数字经济地方立法也能为数字经济市场提供指引，明确本地域数字经济的发展方向和保障、救济措施等。

三、数字经济地方立法可以推动数字经济与传统经济的融合发展

数字经济的发展与传统经济密切相关，通过立法可以为数字经济与传统经济的融合提供法律保障和政策支持。加强数字经济地方立法，可以促进数字经济与产业经济、农业经济、服务业等传统经济的深度融合，推动数字技术在各行各业的应用与创新，实现数字经济与传统经济的互利共赢。数字经济规范明确的基础上，对于数字基础设施融入公共服务的支撑作用会进一步提升，电子政务服务水平进一步提升，网络化、数字化、智慧化便民服务体系将逐步完善，数字鸿沟将加快跨越。传统经济发展主要靠劳动力物质资源支撑，数字经济则靠信息资源与科技支撑。对数字技术应用进行立法规范，能够推动生产过程变得更高效、更智能、更自动，极大地提升生产效率与品质，并降低生产成本。立法保障数字经济发展的同时，也为影响和改变传统产业的发展模式、生产方式、产品和服务等奠定了基础。

四、数字经济地方立法可以促进数字经济的创新和发展

数字经济的核心在于创新，而创新需要有相应的政策和法律环境来支持和鼓励。通过立法，政府可以提供创新激励机制，例如知识产权保护、税收优惠等，以鼓励企业和个人在数字经济领域进行技术和商业模式创新，推动数字经济的快速发展和升级。对数据进行确权、定价和交易过程中规则的设定有利于探索建立与数据要素价值和贡献相匹配的收入分配机制，激发市场主体创新活力。地方立法在数字经济中也能促进其扩张与提升。数字经济的发展是一个不断创新和变革的过程，通过立法可以为数字经济的拓展和升级提供支持和保障。地方立法可以鼓励引导创新投资、推动科技成果转化、优化创新创业环境等，创造有利于数字经济发展的政策环境和法律条件，激发创新主体的活力，推动数字经济的创新驱动发展。

五、数字经济地方立法可以加强数字经济与其他领域的协调和融合

数字经济涉及多个领域的交叉和融合，例如互联网金融、电子商务、人工智能和云计算等。通过立法，立法机关可以协调不同领域的法律规定和标准，打破部门之间的壁垒，促进数字经济与其他领域的良性互动和协同创新，实现数字经济与实体经济的融合发展。以数字经济促进性立法为例，不仅涉及财政、人才、科技、知识产权等方面的配套措施，还关联了农业、工业、服务业等行业。

总之，数字经济地方立法的作用不可忽视。数字经济地方立法不仅可以为数字经济的发展提供法律保障和政策支持，还可以推动数字经济与传统经济的融合发展，促进数字经济的拓展和升级。各地应积极加强数字经济地方立法的工作，推动数字经济健康有序发展，为地方经济转型升级提供强有力的支撑。

第四节　数字经济地方立法的对象效力和适用范围

一、数字经济地方立法的对象效力

数字经济地方立法的对象效力是数字经济。2016 年 G20 峰会上将数字经济定义为以使用数字化的知识和信息作为关键生产要素、以现代信息网络作为重要载体、以信息通信技术的有效使用作为效率提升和经济结构优化的重要推动力的一系列经济活动。其组成元素是数字经济的核心产业和信息技术的整合运用，从而促进以数字产业化、产业数字化和治理数字化等为主要特征的"三化"建设创新与发展为核心内涵，并呈现出新关键

要素（数据资源）、新基础设施（云网端）、新主导产业（信息技术产业）、新业态模式（电子商务和移动支付）、新组织形态（平台化组织）和新治理方式（多元协同共治）等一系列新的特征。

（一）数据资源

所谓数据资源，是指以原始性、可机器读取和社会化再利用为主要特征，通过电子化方式进行记录和保存的数据集合，主要包括公共数据和非公共数据 2 类。非公共数据又可以分为个人数据和企业数据。公共数据是指国家机关、法律法规和规章授权负有管理公共事务职能、行使法定职责、提供公共服务的机构，获取的数据资源的总称，以及法律法规规定纳入公共数据管理的其他数据资源。所谓个人数据，就是个人的原始数据，它包括维护个人尊严免受侵害的隐私数据和类似所有权的财产权益数据等，它强调了个人对于自己资料的绝对支配。所谓企业数据，就是企业生产经营活动中所形成的原始数据和衍生数据。具体来讲，可以将其划分为三种类型：一类是由企业本身在生产经营过程中获得并涉及其核心利益的信息，即商业机密；一类是从企业生产经营过程中获得的、与核心利益不相关或者相关程度不高的信息；一类是企业在处理数据的过程中衍生出的数据。

1. 数据所有权制度。对这三类数据资源首先要厘清数据权属。数据所有权作为数字经济主体中最为重要和关键的一项权利，它直接影响着每一个数字经济主体利益。从法律上对数据所有权予以确认并予以保障，能够有效化解权属纠纷，保护合法权益，推动数字经济秩序稳定和谐地发展。[①] 数据所有权认定决定着数据占有权、使用权、收益权、处分权及其他权利内容与模式。所以，对于三类数据资源必须要明确分类管理并建立

---

① 张素华、王年：《公共数据国家所有权的法理基础及实现路径》，《甘肃社会科学》2023 年第 4 期。

针对性制度规范。①

2.数据处理行为规制。一方面，数字权利主体活动作为天然的数据来源，在数据中承载了主体数字社会关系；另一方面，数据不是自动化过程，多数数据都要靠庞大的数据基础设施来读取、分析、抽取、集成和精炼后才能使用。主体活动的数量越大，数据就越多，信息就越丰富，用途就越广泛。所以，"对于哪些信息流可以允许或制止，哪些信息流需要鼓励或压制，我们需要从体制上、激励上、法律上、技术上或规范上做出明确的设计与计划"（[美] 埃里克·布莱恩约弗森、安德鲁·麦卡菲，2016）。数据处理过程中很有可能会威胁到公民个人隐私、企业商业秘密或者国家安全，因此，针对数据处理行为全方位的设立规则十分重要。从我国已出台的《网络安全法》《数据安全法》到《个人信息保护法》就可看出，立法机关要求数字经济主体在数字处理过程中坚持"必要且克制"的原则。

（二）数字基础设施

数字经济发展离不开数字基础设施的不断完善，数字基础设施在数字经济发展过程中起着基础性作用。根据《浙江省数字经济促进条例》和《河南省数字经济促进条例》我们知道数字基础设施指的是在信息技术和信息网络支持下的经济、社会发展和居民生活为人们提供感知、传输、存储、计算和融合应用的基础性信息服务，公共设施体系主要由信息网络基础设施构成、新技术基础设施、集成基础设施、算力基础设施、新技术基础设施、信息安全基础设施等。强化数据共享，促进合作共治，包括需要加快构建高速泛在、天地一体、云网融合、智能敏捷、绿色可达、安全可控的智能综合数字信息基础设施，重点是 5G 网络，国家综合数据中心体系和国家产业互联网 ②。国务院印发的《数字中国建设整体布局规划》中指出

---

① 刘伟：《政府与平台共治：数字经济统一立法的逻辑展开》，《现代经济探讨》2022 年第 2 期。

② 方向：《数字时代的国家质量基础设施》，《质量与认证》2023 年第 10 期。

打通数字基础设施具体要求有：加快 5G 网络与千兆光网协同建设，深入推进 IPv6 规模部署和应用，推进移动物联网全面发展，大力推进北斗规模应用；系统优化算力基础设施布局，促进东西部算力高效互补和协同联动，引导通用数据中心、超算中心，智能计算中心和边缘数据中心的合理梯次布局；从整体上提高应用基础设施水平，强化传统基础设施数字化和智能化改造，把数字基础设施要素概括为三点：连接性、算力和智能化。

（三）数字产业化

数字产业化指现代信息技术通过市场化应用后所产生的电子信息制造业、软件与信息技术服务业、数字产品制造业等统称、数字产品服务业、数字产品技术应用业、电信广播卫星传输服务业、互联网服务业在数字产业中占有举足轻重的地位。它指的是将传统产业与数字技术相融合，推动各个行业的数字化转型，以提升产业效率和创新能力。对于该部分数字产业化，每个省的本省数字产业化发展重点不同，各省应该根据实际情况对本省数字产业化发展的重点进行规定。如浙江省在《浙江省数字经济促进条例》中规定重点推进集成电路、高端软件、数字安防等数字产业发展；[①] 广东省在《广东省数字经济促进条例》中规定重点推进新一代电子信息、软件与信息服务、超高清视频显示等数字产业发展；河南省在《河南省数字经济促进条例》中规定重点推进新型显示和智能终端、物联网、软件等数字产业的发展。通过地方立法可以推动这些数字经济产业链的完善和协同发展，并且各省地方立法在规范重点数字产业的同时，也可以设立数字产业园区，提供便利和优惠政策，吸引互联网企业、科技创新企业等数字产业相关企业的落户和发展，形成数字经济

---

① 浙江省经信厅数字经济处：《从浙江数字经济实践洞见立法探索》，《信息化建设》2021年第 4 期。

产业链的完整生态系统。

（四）产业数字化

产业数字化，就是运用现代信息技术，对工业、农业、服务业等产业展开全方位、全角度、全链条的改造，从而提升全要素生产率，实现工业、农业、服务业等产业的数字化、网络化、智能化。其能够让产业链变得更高效、更灵活、更智能，提升企业生产力与竞争力，还能带动产业创新与就业机会增加，促进经济结构转型与升级。此外，也为数字经济迅速发展提供了更多商业机会与市场空间。对于产业数字化，各省也应该针对本省实际情况进行设定。如广东省工业、服务业都较为发达，其在《广东省数字经济促进条例》中即对工业、服务业都单独设章了。浙江省农业较为发达，其在《浙江省数字经济促进条例》中提出加快建设农业生产等领域的大数据基础和应用平台。①

（五）治理数字化

治理数字化，指的是在政治、经济、文化、社会、生态文明等各个方面，运用现代信息技术，将管理机制、方式和方法进行数字化、网络化和智能化，从而推动管理体制和管理能力的现代化。在数字经济时代，信息技术的高速发展将各个领域数字化、信息化、智能化，使得治理过程也需要与时俱进。数字化治理的关键在于利用创新的技术手段来收集、分析和利用数据，实现精细化、智能化的决策和管理。数字化治理在提升政府效率、提供更便捷的公共服务、推动可持续发展等方面具有重要的作用。数字管理与隐私保护、电子商务、网络安全和知识产权保护等多个方面密切相关。地方政府需要结合本地区的实际情况，制定相应的法规和政策，以保障数字化治理的合法性、安

---

① 唐勇、孟朝玺、徐丹彤：《我国地方数字经济立法比较分析及启示——以粤浙豫数字经济立法为例》，《哈尔滨师范大学社会科学学报》2022 年第 13 期。

全性和可持续性。同时，地方政府还应当根据数字经济的发展需求，
积极推动跨部门、跨地区的合作，构建统一的数字化治理体系，实现
信息共享和资源整合。同时，数字化治理的发展也需要注重社会参与
和公众监督。地方政府应当积极倡导开放透明的治理理念，加强与社
会各界的沟通与协作，充分发挥市场、企业和公民的主体作用。地方
政府还应当建立健全的监督机制，加强对数字化治理过程和结果的监
测和评估，及时作出调整和改进。

二、数字经济地方立法的适用范围

数字经济地方立法的适用范围主要包括两个层面：一是地方层面，
二是行业层面。在地方层面上，不同地区的经济发展水平、政策导向和
实际需求差异较大，因此数字经济的地方立法需要根据当地的实际情况
来确定其适用范围和内容；在行业层面上，数字经济覆盖了各个经济领
域，包括电子商务、互联网金融、物联网等，数字经济地方立法需要充
分考虑各个行业的特点和需求，制定相应的政策和措施。《南昌市数字
经济促进条例》第二条规定：本市行政区域内促进数字经济发展的相关
活动适用本条例。

第五节　数字经济地方立法的权限配置

一、数字经济地方立法的价值取向

数字经济最本质的特征之一就是跨界融合，众多行业的界限渐趋模
糊，各行业间互相渗透，互相交叉冲击。与此同时，数字经济的发展速度
快、变革力度大，地方政府需要及时进行立法调整来适应和引导数字经济

的发展趋势。要平衡几类价值选择：（1）促进和规范，前者是主体，后者是保障。（2）创新和稳定，应当以鼓励创新为主，发展的同时持审慎的理念。同步完善监管机制，严守安全底线。（3）先进和平等，应当关注对技术弱势群体提供帮助，促进这类群体跨越数字鸿沟。在数字经济领域，地方立法需要考虑以下几个方面：

首先，地方立法应当根据本地经济发展的实际情况，为数字经济提供良好的发展环境和政策支持。地方立法可以结合自身的产业特点和优势，出台针对数字经济的发展的专门法规和政策，促进数字经济的健康发展。地方立法注重结合地区实际，并对立法进行资源整合。数字经济地方立法是指要求把本地区、本领域的有效实践、经验和体系，上升为地方性法规，在破解体制机制性障碍和重难点的前提下，用法治手段指导并保障数字经济优质发展。

其次，地方立法需要加强对数字经济领域的监管和规范。数字经济的发展给传统产业、市场秩序等方面带来了诸多新问题和挑战，如网络安全、数据隐私等问题，地方立法应强调对数字经济的治理和监管，制定相应的法律法规，设立专门的监管机构或明确相关部门的职能，加大对数字经济领域的监管力度，保障数字经济的安全、稳定运行，保护市场的公平竞争秩序。此外，地方立法还应加大对数字经济创新企业的监管，促进诚信经营、公平竞争环境的形成。以上的监管主要是针对平台的监管，应当跳出依赖政府宏观调控、平台自治、市场自我调节的传统监管制度。应当关注造成监管困境的原因：思想滞后、传统监管制度的不匹配等。

再次，地方立法还应当重视对数字经济相关技术的支持和引导。数字经济的快速发展离不开科技创新的支持，地方政府可以通过立法手段鼓励和支持本地区的科技创新，推动数字经济相关技术的研发和应用，并且数字经济涵盖了电子商务、互联网金融、大数据、人工智能等众多领域，地方立法应着力于为这些数字经济相关产业提供精准的政策支持，推动其规范化、可持续发展。通过制定相关的产业发展规划、税收政策、科技创新支持政策等，地方政府可以为数字经济产业的发展提供必要的保障和支持。以大数据、人工智能、云计算等创新技术融入数字经济发展，能够有效提升数据获取和筛选功能，减低数据传输成本。其间不仅要重视技术和数字经济的融合，也要积极培养专业人才。

最后，地方立法还应当注重与中央政策的衔接和配合。数字经济具有较强的跨区域特性，地方立法应当充分考虑中央政策，与中央政策保持一致，形成合力，推动数字经济全面、协调、可持续的发展。对于中央的立法决策和改革决策应当贯彻。法律和政策都具备共同的指引理念、制定目标、大致相同的调整手段。我国当前立法工作中，党的政策是立法工作的重要参考，法律强调更多的是应然性考虑，政策中有直接干涉和间接干涉等，间接干涉的政策考虑更多的是实然层面的因果关系研究。政策经过实践检验可以上升为法律条文，政策本身存在一定的优势，契合当下的发展状况，并且具有灵活性、开放性等特征。即使有了法律调整，政策在一定程度上也处于着独特的地位。

二、数字经济地方立法的权限配置

在数字经济地方立法中，权限配置问题至关重要。数字经济时代地方立法对合理分配权限起到关键作用。由于数字经济的特殊性质，不同的权限配置可能对地方经济的发展产生不同的影响。合理的权限配置可以推动数字经济的蓬勃发展。数字经济的核心是数据的流动和创新的推动，而地方立法可以为不同的行业和领域创造适当的法规和规范。通过明确各方的权责边界和行为准则，可以为数字经济的发展提供稳定的法律保障，吸引更多的投资和创业者进入市场，推动数字经济的繁荣。

通过分析对比《浙江省数字经济促进条例》《广东省数字经济促进条例》《河南省数字经济促进条例》可知，在权限配置方面，浙江省明确规定省经济和信息化主管部门负责推进、协调、督促全省数字经济发展工作；广东省明确规定省人民政府发展改革主管部门、工业和信息化主管部门、统计主管部门在推进、协调、督促全省数字经济发展工作中的职责；河南省明确规定了本省的数字经济主管部门为县级以上人民政府发展改革部门。三个省都是根据本省的实际情况规定了数字经济发展工作的主管部门以及其他部门的职责。归纳总结可知，相关主体的职责主要包括以下几方面：

（一）主要工作

由省经济和信息化主管部门负责推进、协调、督促全省数字经济发展工作。设区的市和县（市、区）人民政府经济和信息化主管部门或设区的市和县（市、区）人民政府决定的其他部门（数字经济主管部门）负责促进、协调和督促本行政区域数字经济发展。县级以上人民政府数据发展主管部门或设区的市和县（市、区）人民政府指定的其他部门（公共数据主管部门）负责组织和指导、统筹公共数据管理，推动政府数字化转型。县级以上人民政府其他有关部门依照各自职责，做好推动数字经济发展的相关工作。

（二）数字经济发展规划

数字经济发展规划由省级经济和信息化主管部门会同省级相关部门共同拟定，并且将规划上报至省级人民政府，由其审核同意方能实施。下级相关部门，即设区的市和县（市、区）数字经济主管部门，应当会同本级有关部门，根据省数字经济发展规划要求和实际需求，制订本地区数字经济发展规划，并报本级人民政府审定后，组织实施。以《南昌市"十四五"数字经济发展规划》为例，是由国家信息中心智慧城市发展研究中心受南昌市政务服务数据管理局委托，负责编制。编制过程中，研究团队和市内相关部门密切配合，广泛调研并征集各界意见建议，多次开展专家论证，通过权威专家评审，由市政府审批同意后发布。

（三）数字经济标准体系

省级标准化主管部门要会同省级经济、信息化等相关部门推动全省数字经济标准体系建设工作，构建和完善基本通用标准、关键技术标准、融合应用标准、安全评估标准以及其他类型数字经济标准。要引导并支持相关机构采用数字经济先进标准。制定标准的前提是需要将数字经济的术语进行明确和强化，对数字经济分类、数字经济统计规范和通用符号等加强实施。县级以上人民政府要对行业协会、产业联盟和龙头企业进行支持，参加制定数字经济国际标准、国家标准、行业标准和地方标准。鼓励行业协会、产业联盟、龙头企业等独立建立数字经济团体或企业标准，积极调动多方主体的参与积极性。本标准的实施，应当由各级政府负责组织实施。江西省发布的《关于开展数字经济标准体系建设的实施意见》中提出，到 2025 年关于数字经济领域的国际、国家、行业标准不少于 30 项，地方标准不少于 50 项。

（四）数字经济监测与评价体系

省级经济和信息化主管部门应当与统计等相关部门联合起来，构建并健全数字经济统计监测指标体系，并对发展的综合评价体系和数字经济核心产业的统计分类目录进行负责。依法实施日常统计和运行监测等行为，按年度考核数字经济的发展状况，定期公布主要统计指标和监测结果以及发展综合评价指数。经济监测要求整合有关领域经济运行数据资源，完善本领域内的经济运行监测、分析、预警等机制，应当包含快速获取信息、即时分析展示、提早监测预警、服务宏观决策等内容。从微观层面，构建基于数据操作监控、经济预警和风险辨识的宏观经济预警大数据平台。从宏观层面，利用大数据等技术，加快构建具有普适性的领域本体论，实现海量用户群体的行为演变和关联网络的快速挖掘。以江苏省为例，数字经济发展综合评价指标体系包括五大类 28 个数量指标以及 1 个满意度指标，共 29 个指标。监测评估的指标不能局限于数字经济在 GDP 中的占比，还需要结合技术创新、社会包容、经济增长多方面综合评估。

（五）区域与国际合作

数字经济的发展也有助于加强各国之间的互联互通，立法明确权属、交易和流通、跨境传输、涉及跨领域和跨地域的数据保护规则等，是推进数字经济体系全球化发展的基础。县级以上人民政府要积极发挥职能，参与数字经济领域的国际交流与合作，加强对"一带一路"的建设，提高数字经济资源集聚能力和发展辐射能力，通过对政策工具的使用从而引导产业形成新的布局。县级以上人民政府要根据长三角区域一体化发展和其他国家战略，在数字经济发展中加强跨省域合作，推动产业活动从线下到线上的转型，推动商业模式和服务升级，促进重大数字基础设施共建共享、公共数据标准的统一、公共数据资源的共享与开放、智能制造的协同发展与区域一体化协同治理及治理的数字化应用。县级以上人民政府要加强全省数字经济跨区域合作、创新体制机制、强化政策协调、合力推进数字经济的发展。

第 五 章

促进数字经济发展地方立法的主要内容（上）

第一节　立法框架

随着数字经济发展不断壮大和深入，人民的生活逐步走向数字化、便捷化和经济化。广大公民参与到数字经济中来，为数字经济发展提供了海量、多样化的数据信息，包括衣食住行娱等各个领域。从共研网发布的一组数据来看，公民网上购物的普及率已高达 80% 以上，这仅仅是数字经济的冰山一角。可见，数字经济与人民生活息息相关，逐步融入社会的方方面面，确保数字经济的长久健康发展，离不开法治保驾护航。在社会数字化转型过程中，提供一个法律框架，让我国能够充分利用经济数字化带来的发展机遇，迫在眉睫。[①] 数字经济的立法，必须始终坚持以问题为导向，以促进数字经济高质量发展、推进数字技术与实体经济的深度融合、保障数据要素资源合理开发利用、提升数字治理效能、推动数字中国建设为根本目标，根本目的就是要促进数字经济发展，维护社会主义市场经济稳定与繁荣，实现共同富裕。在发展数字经济的同时，数字经济促进法丰富了经济部门法的内容，填补了数字领域立法的空白。

[①]　武长海：《数据法学》，法律出版社 2022 年版，第 3 页。

一、数字经济相关立法的发展过程

从数字经济概念的发展历程来看，其内涵和外延也得到了极其丰富的扩展。从习近平总书记在国内国外重要会议多次提出大力促进数字经济发展和立法保障倡议，到以浙江省、广东省为代表的示范区进行地方数字经济促进立法，随后国务院正式出台"十四五"数字经济发展规划，下一步先后多省市出台数字经济促进条例，再到浙江杭州专家学术研讨会提出的"中华人民共和国数字经济促进法"专家建议稿，数字经济的环境不断优化，立法工作不断得到落实、完善。

党的十八大以来，党中央高度重视发展数字经济，将其上升为国家战略。出台了《网络强国战略实施纲要》《数字经济发展战略纲要》，从国家层面部署推动数字经济发展。[1] 在 2016 年 G20 杭州峰会上，习近平总书记首次提出发展数字经济的倡议。2017 年，习近平总书记强调"要加快建设数字中国，构建以数据为关键要素的数字经济，推动实体经济和数字经济融合发展"。[2] 在 2018 年阿根廷 G20 峰会上，习近平总书记高度重视数字经济的立法保障。习近平总书记提出：我们既要鼓励创新，促进数字经济和实体经济深度融合，也要关注新技术应用带来的风险挑战，加强制度和法律体系建设，重视教育和就业培训。[3] 在 2020 年 11 月中央全面依法治国工作会议上，习近平总书记指出：要积极推进国家安全、科技创新、公共卫生、生物安全、生态文明、防范风险、涉外法治等重要领域立法，健全国家治理急需的法律制度、满足人民日益增长的美好生活需要必备的法律制度，填补空白点、补强薄弱点。数字经济、互联网金融、人工智能、大数据、云计算等新技术新应用快速发展，催生一系列新业态新模

---

[1]　习近平：《不断做强做优做大我国数字经济》，《求是》2022 年第 2 期。

[2]　习近平：《不断做强做优做大我国数字经济》，《求是》2022 年第 2 期。

[3]　习近平：《登高望远，牢牢把握世界经济正确方向》，《人民日报》2018 年 12 月 1 日。

式，但相关法律制度还存在时间差、空白区。①2021年12月，国务院正式出台了《"十四五"数字经济发展规划》，数字经济成为国内经济发展的一项重要指标。同时，该规划为数字经济发展指明了方向和要求。针对数字经济关键领域提出了重要要求和展望。以国家数字经济的发展大局为出发点和落脚点，督促和引导各地方数字经济发展。该规划为数字经济发展做了全面、具体的布局，为各省市地方数字经济发展提出了数字经济发展要求、为立法工作提供了重要的内容和对象。事实也是如此，各地也纷纷围绕《"十四五"数字经济发展规划》展开立法工作。2023年在浙江举办的"全国数字经济"研讨会上，通过了"中华人民共和国数字经济促进法（专家建议稿）"，共八章66条。该专家建议稿的立法框架通过整合现有的各地方数字经济促进条例及其以数据、信息为关键词的法律法规和总结现阶段数字经济发展的重点和难点，提出了与之相应的法治保障措施和解释，很大程度上确定了国家数字经济促进法的内容。为今后具体化的地方促进数字经济发展立法框架提供了方向，具有重要的指导性作用。

二、部分省市数字经济促进条例的立法框架

地方促进数字经济发展代表性条例，《浙江省数字经济促进条例》和《广东省数字经济促进条例》产生较早，早于国务院"十四五"数字经济发展规划部署，是我国地方促进数字经济发展的先锋队，也是立法工作的示范区。两地在数字经济领域取得重大成果，地区GDP总量占比高，并逐年增长，但数字经济发展对地区经济增长的影响是非线性关系。② 可见，有促进数字经济发展条例作为地区法治保障和引导，地方经济尤其是

---

① 习近平：《坚定不移走中国特色社会主义法治道路　为全面建设社会主义现代化国家提供有力法治保障》，《求是》2021年第5期。

② 郑健壮、王科娜：《数字经济对地区经济增长影响及其瓶颈效应研究——基于2011—2020浙江11地（市）的观测样本》，《现代管理科学》2023年第1期。

数字经济稳步增长，到后期涨势更加明显。其中，浙江数字经济促进条例（2021 年）产生时间比较早，该数字经济促进条例的立法框架采取"九章模式"，共 62 条。《广东省数字经济促进条例》于 2021 年 9 月 1 日生效施行，其立法框架为共十章，72 条。该条例对产业数字化进一步细分，对重要领域的数字化作出法治保障，可以极大促进工业、农业、服务业的深入发展，以及在数字经济领域适用法律更加精细化。随后施行的《广州市数字经济促进条例》是在广东省数字经济条例上又进行具体化，广州数字经济条例的立法框架共十一章，89 条。该市条例框架与省条例有所差别，在产业数字化的划分下增加建筑业数字化，对建筑业提出数字化要求，要求建筑技术、集成应用、建筑数据共享、建筑单位管理以及相关部门监管均实现数字化、高质量化。"发展环境"是广州数字经济条例中与其他数字经济条例不同的部分，也是较为重要的"新篇章"。另外，在其他地方数字经济条例均出现较为不同、特色的篇章，如河北省则将京津冀数字经济协同发展单独成章，另将数字监督和数字发展保障合并一章，构成"保障和监督章"。《河北省数字经济促进条例》整体框架为九章，81 条。第八章为保障和监督。江苏省特别强调数字技术创新的作用，安排在第二章，与河北省相同的是也使用数字发展保障和监督。《江苏省数字经济促进条》整体框架为九章 85 条，第二章为数字技术创新，第八章为保障和监督。

三、提出地方促进数字经济发展的立法框架

各省陆续出台的数字经济促进条例，保障了数字经济的稳定与高效发展，数字经济也得到有效提高。关于数字经济的立法工作，仍缺乏全国性法律，主要以地方性立法为主，较多省份存在试点。缺乏数字经济全国性法律的原因包括：一是各地数字经济发展水平不一、差距较大，统一标准难以涵盖各地方的特异性。抽象、笼统的立法起不到有效的作用，制定全国性数字经济促进法的条件尚未成熟；二是数字经济仍存在初级阶段，突

出的问题不够集中，国内关于数字经济立法缺乏立法经验，立法技术有所欠缺，应在各地取得相应数据进行研究，方才能保证法律的普遍性。另外，数字经济跨境安全和国际合作的相关规范和保障制度不成熟，数字核心技术与发达国家存在差距，说明了我国数字经济国际水平处于初级阶段。

因此，各地方促进数字经济立法框架应当立足地方数字资源水平和数字技术水平，结合特色产业，形成更具实效的数字经济促进条例。在全国性数字经济促进法正式颁布前，示范区经过检验的数字经济条例对各省市编撰地方性数字经济法具有重要指导价值。从本文的第二章、第三章的内容来看，第二章谈了欧盟和德英的数字经济立法现状，指出了数字经济的发展趋势以及对我国的启发。第三章就从我国各地方的数字经济立法状况方面提出了问题和不足，从而得出促进数字经济的发展方向和立法要求。促进数字经济发展地方立法应当具备五个特点：一是地域性。地域性是指立法内容应当以地方的数字技术发展水平和地方特色经济为出发点和落脚点，充分利用数字技术，有效融合、融活实体经济。二是先进性。先进性要求数字经济发展应当与时俱进，以发展的眼光看待数字经济。三是安全性。数字经济其本质是一种经济形式，不可脱离社会安全谈经济，就是要充分保障个人数据、国家数据的安全性。四是公平性。公平是市场经济的重要原则之一，数据利用没有公平，被个人和组织垄断，这样的经济是不健康的，是发展不长远的。五是数字性。数字经济各个环节均依靠数字化，是以数据资源为关键要素、互联网为主要载体、数字技术为重要推动力的一系列经济活动。

地方促进数字经济发展条例应当符合立法要求，坚持求真务实、守正创新、包容审慎的基本立场，立法内容应当符合科学性、民主性、适时性、合宪性。地方数字经济的立法框架不妨以《中华人民共和国数字经济促进法》（专家建议稿）为样本，在"总则、法律责任、附则"的基础上，聚焦"数字产业化、产业数字化"两大核心，依托"数字基础设施、数字资源"两大基本要素，强调公共管理和服务机构的"数字化治理、数字经济促进保障"作用，把握"基础、核心、职责"三大问题，以此形成地方促进数字经济发展条例的基本框架。具体框架是：总则、数字基础设施、数字产业化、产业数字化、数据资源开发利用与保护、数字治理、数字经济安全保障、法律责任、附则共九章。

该立法框架与《中华人民共和国数字经济促进法》（专家建议稿）基本一致，不同之处在于该框架共九章，专家建议稿只有八章，新增一章是将专家建议稿其中一章拆分两章，即数字产业化与产业数字化都独立成章。原因是数字产业化和产业数字化作为数字经济的两大核心，其代表的内容具有独立性和差异性，应加以区分单独成章。尤其是现存的数字经济促进条例将产业数字化进一步细分为工业数字化、农业数字化、服务业数字化，以及出现建筑业数字化一章，足以说明产业数字化和数字产业化内容深而广。数字产业化和产业数字化在立法框架中单独成章更具科学性、合理性。无论是在立法技术层面上，还是法律适用层面上，都更具参考价值。

第二节　主要概念使用及其解释

地方促进数字经济发展法作为新兴的经济法分支，必将带来公众比较陌生的专业名词，尤其是对数字经济概念理解不够。不同的学者、不同省市条例对数字经济概念的理解和规定不同，故在定义上有所差异，但其本质上和功能上基本一致。例如数字经济这一概念，在《广东省数字经济促进条例》中，第二条规定了数字经济的概念。① 我们可以发现该概念与《中

---

① 参见《广东省数字经济促进条例》第二条："……本条例所称数字经济，是指以数据资源作为关键生产要素、以现代信息网络作为重要载体、以信息通信技术的有效使用作为效率提升和经济结构优化的重要推动力的一系列经济活动"。

华人民共和国数字经济促进法》（专家建议稿）中的数字经济概念一致。
两者都把数字经济活动视为一种经济活动。而在《浙江省数字经济促进条
例》中，第二条规定了数字经济的概念。① 该概念与《"十四五"数字经
济发展规划》中数字经济的概念一致。两者将数字经济作为一种新经济形
态。广东省与浙江省对数字经济的定义在文字使用上有细微差别，广东省
简单描写为"信息通信技术"使用作为重要推动力，而浙江省强调"信息
通信技术"与应用融合，实现全要素数字化作为重要推动力，两省本质上
和功能上都在于强调信息通信技术作为重要推动力。另外，浙江省将数字
经济定义为新经济形态，广东省和广州市则将其定义为一系列经济活动。
二者不存在本质差异。由此，数字经济的定义内涵达成共识，均采取概括
式定义，包含四个要素组成：在数字经济发展中，一要把握数字资源作为
关键生产要素；二要把握现代信息网络作为重要载体；三要把握信息通信
技术或数字技术作为重要推动力；四要把握效率提升和经济结构优化作为
价值目标。准确把握数字经济的"四要素"对数字经济发展具有重要意义，
全面提升"四要素"有利于全面促进数字经济发展。

一、主要概念的解释

各地方促进数字经济发展的规范性文件出现了不相统一数量的概念解
释，在数字经济、数字产业化和产业数字化概念上做了集中解释，而在数
字治理、数字技术等概念上出现分散解释。这些概念在《"十四五"数字
经济发展规划》均有所体现，但规划中未对概念进行解释，而是直接指明
发展方向和要求。显然，通过阅读各省市数字经济促进条例，可以清晰地
发现《"十四五"数字经济发展规划》成为了各省市数字经济立法的风向

---

① 参见《浙江省数字经济促进条例》第二条："……本条例所称数字经济，是指以数据资
源为关键生产要素，以现代信息网络为主要载体，以信息通信技术融合应用、全要素
数字化转型为重要推动力，促进效率提升和经济结构优化的新经济形态"。

标。其中浙江省数字经济促进条例和河南省数字经济促进条例的概念解释是最多的、最为详略的。反观广东省数字经济促进条例，只出现两个概念解释。[①] 河北省和江苏省数字经济促进条例概念解释最少，均只有一个。广州市数字经济促进条例有所不同，该条例第八十八条对数字经济、数字技术、数据、公共管理和服务机构、公共数据五个概念进行了集中解释。概念解释对于自然人、法人、非法人组织适用法律和公共管理和服务机构履行职能来说具有重要参考价值。

　　因在各省市数字经济促进条例中已对重要概念进行规定，虽然存在数量上的差异，但对于同时存在的概念并没有本质上的区别，从概念中提炼的特征及其关键词也大体一致。所以概念的解释可以直接采取地方条例中的规定。现在对一些重要概念进行解释：根据《浙江省数字经济促进条例》第十条规定，该条对数字基础设施作出定义。[②] 其定义中包含了多个数字基础设施的简单列举，都是现存的主要基础设施，明确了数字基础设施的发展功能。数字基础设施建设在大部分省市条例中安排分则首章和"十四五"数字经济发展规划中属于第一位，该重要性不言而喻。数字基础设施作为数字经济的地基，对数字经济发展起到基本保障作用，对数字技术升级也起到关键作用。优化升级数字基础设施应从三个方面出发：一是不断加大数字基础设施建设的投入，扩大基础设施覆盖率，包括但不限于光纤网络和5G网络基础设施建设，并进行创新性发展。满足偏远地区人民的数字需求，共享数字经济成果；二是提高数字基础设施利用率。增加数字基础设施建设的覆盖率，尤其是偏远地区，统筹发展城乡数字经

[①] 　席月民：《我国需要制定统一的〈数字经济促进法〉》，《法学杂志》2022 年第 5 期。

[②] 　参见《浙江省数字经济促进条例》第十条："本条例所称数字基础设施，是指以信息技术为支撑、以信息网络为基础，为经济、社会发展及居民生活提供感知、传输、存储、计算及融合应用等基础性信息服务的公共设施体系，主要包括信息网络基础设施、算力基础设施、新技术基础设施、融合基础设施、信息安全基础设施等"。

济。扩建设施的同时也要提高利用率，实现智慧城市、智慧制造、自动驾驶等重点新兴领域的建设；三是与时俱进，优化、升级数字基础设施，实现新突破。升级数字基础设施是与时俱进的要求，设备升级换代是优胜劣汰的结果。只有不断推进数字技术创新，才能实现数字经济的新突破。

《浙江省数字经济促进条例》第十八条对数据资源这一概念进行了解释。① 数据资源其特征表现为信息化、可识别性。根据它的形成主体，可分为公共和非公共数据资源。数据资源对数字经济发展起着关键性作用，通过数据统计可以明确市场的发展方向和需求，从而精准施策。数据有着继土地、劳动力、资本、技术之后，参与价值分配的第五大生产要素之称。可见，只有数字资源足够丰富和广泛，数字经济与实体经济才能充分融合、发展。个人、企业、公共组织如何充分发挥数据要素作用：一是应当强化高质量数据要素供给，从供给侧完成数据积累，该过程必须充分保障个人隐私和知识产权；二是加快数据要素市场化流通，构建数据资源定价机制，提升数据资源交易效率，营造安全有序的市场环境；三是以实际应用需求为导向，创新数据要素开发利用机制。

数字经济的两大核心：一是产业数字化，二是数字产业化。《浙江省数字经济促进条例》第二十八条规定了产业数字化是什么。② 其内容主要包含工业、农业和服务业三产业的数字化升级，通过紧紧依靠现代信息技术实现转型升级。产业数字化作为数字经济核心之一，其水平直接反映了数字经济的发展水平。产业数字化对现代企业的发展提出了要求，应当做

---

① 参见《浙江省数字经济促进条例》第十八条："本条例所称数据资源，是指以电子化形式记录和保存的具备原始性、可机器读取、可供社会化再利用的数据集合，包括公共数据和非公共数据。公共数据资源，是指国家机关、法律法规授权的具有管理公共事务职能的组织，在依法履行公共管理和服务职责过程中形成的数据资源"。

② 参见《浙江省数字经济促进条例》第二十八条："本条例所称产业数字化，是指利用现代信息技术对工业、农业、服务业等产业进行全方位、全角度、全链条改造，提高全要素生产率，实现工业、农业、服务业等产业的数字化、网络化、智能化"。

好数字化的企业。对传统企业要求转型升级，更快融入数字经济。尤其是重点产业，应当做好更高水平的数字化。产业数字化可以极大地提高生产水平和生产质量，满足人民更高的需求。公共管理和服务机构应当积极引导企业进行产业数字化升级，给予相应政策保障数字化转型顺利进行。《浙江省数字经济促进条例》第二十三条规定了数字产业化的内容。① 其本质要求就是要不断发展数字化的深度和广度，将"数字"作为一项产业去发展。提升数字产业化，可以从数字创新能力、数字核心产业、数字新领域、数字生态环境四个要素着手，不断推动数字产业化，而数字创新能力又是重中之重。产业数字化与数字产业化如车之两翼，两者应当同等重视、并驾齐驱，相辅相成、共同促进数字经济腾飞。

促进数字经济发展，实现数字经济体系化，数字治理是应有之义。习近平总书记提出：国家治理体系和治理能力现代化。而数字治理是时代发展的必然趋势，高效实时的数字治理能够更好满足人民期待。《浙江省数字经济促进条例》第三十六条解释了数字治理。② 数字治理是数字化的治理，是全社会共同治理，是政治、经济、文化、社会、生态全方位的治理。数字治理应当完善多元共治新格局。数字治理不是某个部门的个人职责，而应当是全社会的责任，数字经济带来的成果也应由全社会共享。数字治理应当保障多元参与，包括政府、平台、企业、行业组织和社会公众在内，构建协同治理新格局，形成治理合力，共创公平有序数字市场。促进发展与监管并重，建立健全数字市场准入制度的同时，资格审查、市场运营、违规处罚的监管和治理制度也要配套成立，

---

① 参见《浙江省数字经济促进条例》第二十三条："本条例所称数字产业化，是指通过数字技术的市场化应用，将数字化的知识和信息转化为生产要素，形成数字产品制造业、数字产品服务业、数字技术应用业和数字要素驱动业等数字产业"。

② 参见《浙江省数字经济促进条例》第三十六条："本条例所称数字治理，是指在政治、经济、文化、社会、生态文明等领域，运用现代信息技术，实现治理机制、方式和手段的数字化、网络化、智能化，推进治理体系和治理能力现代化"。

形成"真发展、真治理"的良性数字市场。其中，监管必须要求积极作为、政府敢于担当，加大政务信息化建设统筹力度，不断提高政府的现代化治理能力和治理水平，积极维护市场安全和切实保障消费者利益和需求。

数字技术作为数字经济的重要推动力，数字技术的差距对区域数字经济的影响是直接的。《浙江省数字经济促进条例》第三十六条规定了数字技术的概念。①数字技术有关的技术是非常广泛的，常见的包括人工智能、互联网等技术，其共同特点就是围绕数据的产生、传输、存储、计算与应用所形成的各类技术。虽然我国 5G、千兆等新型基础设施建设走在世界前列，拥有全球规模最大的光纤和移动宽带网络，为我国数字技术的发展奠定了深厚的基础，但国内各区域间数字基础设施建设差距大，数字经济发展不平衡。数据基础设施和数字技术仍有待提升。加大数字基础设施建设，努力完成数字技术突破，是促进数字经济发展的利器。注重人才培养、加强国际合作，则是数字技术创新的重要路径。

其他概念的解释还包括公共管理和服务机构，是指本市国家机关、法律法规授权的具有公共事务管理和公共服务职能的组织。法律的生命在于解释，解释的目的在于将书本上的条文变成现实中的行动。解决概念上的分歧可以有效消除法律的灰色地带，明确法律的适用就不会存在同案不同判的司法乱象，保障了法律适用的准确性。

二、主要概念的使用

关于主要概念的使用问题，本着基本的目的性原则为出发点和落脚

---

① 参见《广州数字经济促进条例》第八十八条第二款："数字技术，是指围绕数据的产生、传输、存储、计算与应用所形成的各类技术，当前主要包括互联网、新一代移动通信、人工智能、大数据、云计算、物联网、区块链、虚拟现实、数字孪生、高性能计算、智能控制、量子科技等技术。数字技术的发展和创新离不开数字基础设施建设"。

点，把概念使用与制度构建、立法目的统一起来，始终保持三者在内在目的方面相统一，同时也与现有其他法律保持协调一致。[1] 对于主流观点的专有名词解释，地方促进数字经济发展条例无须重复进行解释，避免造成立法资源浪费，直接使用就可以。若地方条例中出现新的概念则有必要进行说明。

第三节　跨境安全保障与国际合作

一、跨进安全保障是数字经济国际合作的第一位

数字经济发展在带来利益和便捷的同时，也应当高度重视其安全风险问题。安全发展应当是经济发展的首要任务，缺乏安全性的交易是不完整的，其缺陷必然影响交易的成功率和交易双方的信任感，对个人而言是如此重要，对国家国际而言更是如此重要。由于数字经济以现代信息网络为主要载体，其最大的特点是开放性。因此，不法分子或者非法组织一旦入侵网络非法盗取数据，将造成无数个人隐私的侵害，甚至国家秘密泄露。尤其在跨境的数字贸易中，贸易金额往往比较大、涉及信息广等因素成为违法者"青睐"的犯罪对象。数字经济跨境安全保障应当放在数字经济"走出去"的首位，不破坏数字贸易、不私自窃取贸易数据，诚实守信是大国的基本素质。另外，做好数字经济跨境安全破坏的准备和处理规则是十分有必要的，一旦发生安全事故，由于是跨境贸易涉及至少两个地区的管辖问题，问题处理起来比较复杂，两地数字跨境贸易的规则难以一致，此时应寄希望于存在有效的国际数字贸易规则。数字经济跨境贸易安全自然成

---

[1]　席月民：《我国需要制定统一的〈数字经济促进法〉》，《法学杂志》2022 年第 5 期。

为国际合作的前提，为此应当加快数字基础设施建设，提升数字技术水平，以及制定相关配套制度和法律规则来保障数字经济跨境安全。我国在维护国内数字经济安全的同时，还积极参与国际数字经济安全的保障工作。

二、国际合作作为推动我国国内外循环的重要路径及取得的成功

在当今科技革命和产业革命的大背景下，数字经济成为新国际竞争力的重要参数，国际合作则作为重要战略以期实现国内数字产业化和产业数字化的高水平国际化。数字经济国际合作作为推动国内国外双循环的重要路径，是驱动科技创新的关键动力，对促进数字经济走深向实具有不可替代的作用。习近平总书记指出，"积极参与数字经济国际合作。要密切观察、主动作为，主动参与国际组织数字经济议题谈判，开展双多边数字治理合作，维护和完善多边数字经济治理机制，及时提出中国方案，发出中国声音"[1]。中国的数字经济国际合作正在积极不断的实践中，包括与东盟在"数字经济"等新领域的合作、与非洲国家在"数字创新工程"等方面的合作、与远东地区在"支持数字经济创新发展"等方面的合作，并取得显著经济增长效果。数字经济国际合作中数字基础设施、数字贸易、数字经贸规则三大领域，是数字经济国际合作的主要发展方向。在国际合作的驱动下，数字经济取得重大成果，这三大领域表现为数字基础设施国际合作不断升级、数字贸易国际合作蓬勃发展、数字经济国际合作规则化。

三、我国数字经济国际合作的问题和不足

我国参与数字经济国际合作仍存在较大的发展空间，与发达国家之间的合作是有局限的。根本原因在于我国数字经济国际竞争力不足，影响我国在国际合作中的参与，主要存在以下问题：一是数字技术不够过硬，数

---

[1] 习近平：《不断做强做优做大我国数字经济》，《求是》2022 年第 2 期。

字核心产品国际竞争力不足。在核心数字领域的生产链和供应链不具备自主性、完整性，需要依靠外来技术支持。虽然我国在高新数字技术上不断取得突破和创新，但中国高新数字技术与发达国家之间仍然存在较大差距。数字技术创新能力缺乏，相比于其他发展中国家，我国处于优势地位，但数字经济国际合作的对象也受到了限制。另外我国制造业、农业、服务业的数字化水平也处于一般水平，综合影响了我国的数字经济水平。二是数字经济国际合作制度型框架缺失，"一带一路"沿线合作层次总体不高。"一带一路"沿线合作取得的成就是明显的，但其中数字经济国际合作关键领域、多领域缺乏制度性框架。总体上，"一带一路"沿线国家和地区之间的合作主要集中在数字跨境贸易，其他重要领域如数字治理、数字创新、数字金融等缺乏制度型框架。数字基础设施建设合作停留在通信基础设施，5G、千兆光纤等新型数字基础建设未得到充分发展。使得我国数字经济的国际合作水平不高。三是数字经济国外发展环境复杂多变，"一带一路"沿线发展亦面临新的挑战。我国对发达国家数字经济核心产业的依赖程度仍然较高，例如芯片。一旦发达国家对我国进行出口限制，缺乏关键供应链势必影响我国"一带一路"沿线国家的数字经济合作。

四、拓展我国数字经济国际合作的建议

从《"十四五"数字经济发展规划》中关于"发展现状与形势"的内容来看：我国希望通过加大数字经济国际合作，着眼国内国际两个大局，力图打破国内关键领域存在数字创新能力不足，数字核心产业优势不够凸显，核心产业链不具备独立性等障碍，供应链也是如此。再者，促进数字经济国际合作对世界的发展是共赢的，有利于共建互利共赢的合作伙伴关系，为世界关于数字经济发展的共同难题的解决可以提供极大的帮助。为此，可以从四个方面有效拓展数字经济国际合作：

一是促进数字经济前沿技术协同创新，催生高端国际合作新领域。[①]寻求数字技术突破是推动数字经济合作的重要推动力。扩大数字基础设施建设，创新数字技术，摆脱核心技术和产品"卡脖子"。提升制造业、农业、服务数字化水平，带动整个国家的数字经济水平，提升国际竞争力。

二是推动国际贸易数字化发展。扩大国内数字基础设施建设，实现全领域的数字化发展。积极引领数字化驱动贸易主体转型和贸易方式变革，以对外开放的态度，增加以自由贸易试验区、数字服务出口基地和海南自由贸易港为代表的国际贸易平台，提升国内数字贸易水平以及制定相关配套制度和法律，面对国际数字化贸易机遇，才能抓住机遇。国外先进企业和制度对深化国内贸易数字化发展具有重要参考和学习价值。另外，国际贸易数字化的安全问题应当高度重视，积极构建安全便利的国际互联网数据专用通道和国际化数据信息专用通道是当务之急。

三是走好"数字丝绸之路"，将作为我国国际数字经济合作的典范。坚持多边主义的基本立场，构建互利共赢的合作伙伴关系的愿望，是我国长期对外开放、对外合作的初心。我国在促成"一带一路"国家开展跨境光缆建设合作方面作出巨大努力和贡献，同时获得宝贵的国际合作经验。基于此，"一带一路"国家的数字经济不断取得新突破，数字化水平不断提高。"一带一路"国际合作建设的数字基础设施，为我国数字经济走向世界提供源源不断的动力。

四是创造良好的国际合作环境。我国作为最大的发展中国家，既要与其他发展中国家保持密切联系，又要面对发达国家技术封锁的困难，创造良好的国际合作环境不是一件简单和短期的工作。世界发展的好与坏关系到所有国家的利益，我国提出并坚持和平、安全、开放、合作、有

---

① 许明：《新发展格局下推动我国数字经济国际合作路径研究》，《齐鲁学刊》2023年第1期。

序的网络空间命运共同体。积极投身参与到数字经济国际合作治理规则的制定中来，奋力提供中国方案、中国智慧，开创良好的国内和国外数字经济环境。

　　数字经济国际合作作为推动国内国外双循环的重要路径。数字经济发展不仅要在国内发展，也要"走出去"与世界接轨。发展的第一位仍然是安全问题，数字经济跨境安全应有所全面保障，才能保证数字经济国际合作的长期稳定。数字技术封锁、数字经济国际合作规范缺失、数字经济国际合作外部风险面临巨大挑战和安全风险等问题，是世界共同面临的，是需要通过国际深入合作来破解的难题。我国在新发展格局下，要实现数字经济国际合作高水平发展，就要高度重视数字经济基础设施建设、数字技术创新发展、积极促进数字经济国际贸易、严格完善数字经济国际经贸规则。

第六章
促进数字经济发展地方立法的主要内容（下）

第一节　数据产权保护制度

随着数字技术的迅速发展，数据基本已经完全融入了产品及服务的生产、流通、消费等各个环节当中。数据显然已经成为数字经济发展过程当中至关重要的生产要素之一。同时，随着对数据进行开发、利用的不断深入，因数据权益界定不清而引发的一系列纠纷和矛盾也越来越多。在数据产生的过程中往往会涉及不同的主体，例如需要由信息来源主体提供数据当中包含信息的内容，还需要通过作为数据处理主体的各种数字平台企业投入资本及技术将这些信息转化成数字化的数据。在整个数据生产过程当中，信息来源主体与数据处理主体之间是相互依存、紧密配合的关系，最后产生的数据也不是单独的由其中某个单一主体完全所有。正因如此，对数据权益界定不清便会引发诸多矛盾。如果能在数据开始生产之前就对数据可能蕴含的各项潜在利益进行多元划分，明确参与数据生产的各主体分别享有哪些具体权利，就可以使各主体对自己在产生数据之后可能获得的权益有一个较为清晰且合理的预判，能够有效地避免各主体因数据利益归属不清晰而产生矛盾。因此，在数字经济地方立法的过程当中，有必要及时建立健全数据产权保护制度，尽快厘清数据产权的归属难题。只有对数据要素参与各方的合法权益予以承认和保护，才能进一步推动数据的高效流通和使用，助力地方数字经济有序向前发展。

确立数据产权保护制度的主要目的是确认各个参与主体对数据能够分别享有哪些权益。根据我国《民法典》《个人信息保护法》等相关法律的规定，对于信息来源主体而言，公民的隐私权、个人信息权益、非自然人的法定在先权益应当受到优先保护。因此，不管是贡献经营信息的线上企业或者是贡献生产经营活动信息的线下企业，都应当平等地享有其经营信息以及商业秘密等信息不会因为数据处理主体取得了该数据财产权益而受到减损的权利。所以，作为数据处理者的各数字平台企业在享有或行使其数据财产权益时，都必须将尊重信息来源主体的在先权益作为基本前提。只有通过立法明确承认、保护信息来源主体应当具有的法定在先权益，才能促使数据的信息来源主体积极地参与到数字经济的生产活动当中，提升他们贡献信息内容的积极性，进而促进数据要素的生产以及积累。对于数据处理主体而言，数据处理主体享有对数据持有、加工使用、产品经营以及在依法行使数据权利的过程中取得收益等权利。数据处理主体有权按照法定或合同约定的方式自主管理其所获取到的数据资源，并在不损害信息来源主体法定在先权益的前提下，根据自己的生产经营需要自主地使用这些数据，甚至可以对这些数据进行再次开发和利用。除此之外，数据的持有人还可以将其持有的数据通过许可、出资、担保等其他方式对外进行转让，以获得其持有数据的经济价值。比如，数据持有人可以许可他人使用经过匿名化处理加工过的数据、数据分析产品等其他衍生数据。只有对数据生产过程中各方参与者的贡献大小进行充分的考虑，平衡好各主体之间的利益关系，才能有效、充分地利用好这些数据，更好地发展地方数字经济。

针对数据产权保护制度进行地方立法必须深入研究数据知识产权转化收益的分配机制，对数据产权保护制度进行整体规划设计。只有深入研究数据知识产权转化收益的分配机制，对生产、流通、使用数据过程中各方参与者享有的合法权利进行明确界定，才能进一步明确数据知识产权保护的具体规则。应当允许数据的持有者通过合同、协议等方式授权数据的处理者对数据进行加工、开发和使用，并形成数据产品或提供数据服务。同时，要注重对数据处理者的行为作出明确、合理的限定，使他们能够对其持有数据的使用界限有更加清晰的认识。应当设置相关政策和措施为数据来源者的合法权益提供保护，使得提供数据信息的主体能够通过合法的手段保护自己的权益。可以构建符合地方实际的数据产权登记制度，对数据产权进行登记不仅有助于提升数据交易当事人的交易信心，还可以发挥存证登记、管理登记和担保登记等多重功能，对于优化数据要素市场的整体营商环境、帮助数据要素市场中各参与方节约交易成本等方面，都具有十分显著的促进作用。

此外，在制定具体相关配套政策时既要以稳为主，避免过于冒进带来负面影响，也要避免太过严格从而遏制数据开发利用的活力。地方立法制定的具体政策应当能够充分适应数字经济创新性强、数字产品数字服务更新换代快等特点，充分结合数据本身的独特属性与产权制度的客观规律，平衡好公共利益、数据信息安全以及个人隐私保护之间的关系。应当立足当地的实际情况，通过实践发现问题、解决问题，推进相关配套政策的制定和完善，对数据处理者的创造性劳动和投入给予充分地尊重。只有尽快形成符合本地实际的数据产权保护制度，为地方数据知识产权的保护提供有效方案，才能更好地助力当地数字经济的持续发展。

第二节　数字技术创新应用制度

数字技术是数字经济得以蓬勃发展的基础。数字技术的提升为创新资源配置构建了广阔空间，可以有效地化解在资源配置过程当中产生的局部低效率与全体高效率之间的矛盾。[①] 借助数字技术的创新发展，使人们能够以更加方便、快捷的方式对所需要的知识、信息进行收集、整理以及共享，大大降低了企业的生产、经营及交易成本，显著提高了企业生产产品和提供服务的质量，明显改进了以往科学研究、产品开发、生产运营的模式，有效提升了技术创新效率及应用效果。目前，越来越多的企业也正在通过已经建立起的各种开放式创新平台获取、整合其所需要的各类创新资源，越来越多的创新个体以及创新团队也正在通过各种数字平台开展科技创新的研发与合作。

数字技术的创新应用是将人工智能、大数据等数字技术与实体经济进行融合创新，进而催生出全新的产品、技术以及产业的过程。数字技术创新应用为数字经济的发展提供了支持，其本身也代表着新的技术、新的产品以及新的方法。数字技术创新应用极大地拓展了创新空间，重新界定了创新的边界，使得技术创新活动由传统的以线下实体空间为主转变成线下与线上相结合、实体与网络相结合的模式。习近平总书记在党的二十大报告中强调，加快发展数字经济，促进数字经济和实体经济深度融合，打造具有国际竞争力的数字产业集群。[②] 因此，在地方数字经济立法的过程中必须重视对数字技术创新应用制度的建立与完善，增强企业的创新创造能力以及创新成果转化能力。

第一，要积极制定鼓励企业创新的相关政策，培育数字产业的新业态。地方立法应当鼓励企业加强对数字技术创新平台的建设以及相关平台规则的完善，为企业提供政策上的便利，促进企业利用数字技术创新平台上的知识、信息等资源自主开展创新研发活动。同时要鼓励企业将数字技

[①] 张鹏：《数字经济的本质及其发展逻辑》，《经济学家》2019年第2期。

[②] 习近平：《高举中国特色社会主义伟大旗帜　为全面建设社会主义现代化国家而团结奋斗——在中国共产党第二十次全国代表大会上的报告》，2022年10月25日，见https://www.gov.cn/xinwen/2022-10/25/content_5721685.htm。

术创新应用到平时的企业管理当中，依靠数据驱动企业的决策分析，进行企业资源的整合，优化企业的业务流程，提升企业的自主创新能力和创新水平。开源被认为是数字经济时代的公共基础设施，创新创业者借助开源平台能够更加便捷地获得所需要开发的相关产品和服务技术，进而可以避免大量重复性的开发工作，大大降低企业及个人的创新创业门槛以及投入成本，对于数字经济时代商品资源配置效率的提高具有显著作用。因此，要特别注重对当地数字技术开源社区的建设与发展，鼓励当地企业开放其源代码、硬件设计以及其他可开放的应用服务等。当然，在鼓励开源的同时也不能忽视对数据知识产权的保护。

第二，要注重加强当地产业集聚区的建设，发挥好地方龙头企业的带动作用。对于当地发展较好的企业，要制定相关的政策鼓励、扶持他们创建技术创新服务平台，如产业服务创新平台、数字技术创新平台、共性技术创新平台等，通过这些平台的建设和应用促进当地优势产业链上下游企业之间的联动，加快形成资源共享、产业协同的数字经济创新应用的新业态。为了促进各行业、企业之间相关的产品信息、生产工艺、生产资料等数据资源进行横向集成，也可以制定相关政策鼓励，支持当地跨行业、跨领域的综合性服务平台建设。

第三，应当构建当地统一的新技术、新模式、新应用的规范与标准。在对现有新技术、新模式、新应用的运行规范及相关标准进行系统性的总结梳理的基础上，归纳总结地方数字技术创新应用实践中存在的问题，进而制定当地统一的数字技术创新应用规范，以便为企业有序开展数字技术的创新与应用活动提供明确的法治上的指引。还可以建立地方数字技术创新应用的常态化评估机制，制定相关的评估标准与流程，对数字技术创新应用的成效开展常态化评估，进一步提高数字技术创新应用的成效。

第四，要鼓励各企业与当地的高校开展创新科研合作，共同加强关键领域的数字技术创新应用水平。随着数字经济热度的不断提升，大部分高校为填补数据人才方面的缺失、培养数据科学方面的专业人才，已经陆陆续续开设了许多与数字技术、数字经济相关的专业，例如数据科学与大数据技术、大数据管理与应用、大数据技术与应用、人工智能等，并在数字技术领域开展了大量的科研工作。可以结合当地高校的科研优势以及企业的资金技术优势，开展数字技术创新应用的产、学、研、用协同合作，加强高水平科研及转化平台的建设，从而有效推进数字技术创新应用的基础理论、相关算法研究，为地方的数字经济发展培养更多专业的高层次技术人才，促进地方数字经济技术的创新水平。

第三节　数字基础设施合理布局制度

在第四次工业革命的大背景下，以数字基础设施为主的"新基建"将成为推动社会生产方式变革的重要条件之一。数字基础设施主要以数据要素为核心，以人工智能、大数据、云计算等新一代数字技术为基础[1]，集感知、传输、存储、计算、处理等功能于一体，可以提供以数字形式存在的各种数字商品，能够显著地推动地方的经济活动朝着数字化、智能化、网络化的方向发展。例如信息传感设备可以帮助企业建立数据共享，加速数据之间的流动及连接，从而增强产业链、价值链、供应链上下游的企业之间进行融合渗透和网络协同。数字基础设施作为数字经济发展的基础，可以持续改变生产结构和方式，从而为经济发展带来乘数经济效应。[2] 因

---

[1] 何帆、秦愿：《创新驱动下实体企业数字化转型经济后果研究》，《东北财经大学学报》2019年第5期。

[2] 刘瑾、李保玉、孟庆庄：《数字经济与西部地区经济高质量发展——理论逻辑与实践路径》，《技术经济与管理研究》2023年第3期。

此，要对数字基础设施进行合理布局，使其为地方数字经济的发展提供重要依托。

完善的数字基础设施是数产实现深度融合发展的基本保障，但就当前而言，数字基础设施的发展还处于较为初级的阶段，在主要的技术、产品、市场需求等方面都还未完全定型。由于对数字基础设施进行投资的规模会随着企业需求的变化而变化，这也导致在大量的企业进入数字基础设施市场开展竞争的同时也带来了诸如企业盲目投资、对数字基础设施的重复建设、数字基础设施建设的相关技术标准难以统一等问题。此外，数字技术改进升级较为迅速，需要依靠大量创新能力强的人才及企业对数字基础设施进行持续不断的研发和升级，就更加需要地方政府为其提供适合的融资、监管等发展环境。因此，地方数字经济的立法要对数据基础设施进行合理布局，只有数据基础设施安全可靠地运行，才能保持地方数字经济的稳定发展。对于数字基础设施合理布局制度的构建，应当重点关注以下几个方面：

第一，通信网络和算力是数字经济发展的重要基础，要重点关注网络基础设施和算力基础设施的布局。在网络基础设施的布局方面，需要加快5G网络与光纤网络扩容提速的协同建设，加强推进IPv6规模的部署及应用，进行适度的超前布局。在算力基础设施的布局方面，要形成通用数据中心、超算中心、智能计算中心、边缘数据中心等合理梯次布局，促进同地区之间算力的互补及协同联动。

第二，注重对传统的基础设施进行智能化、数字化的升级。对传统基础设施进行数字化改造，可以盘活存量资产，有助于解决数字基础设施区域布局不均衡、赋能不突出的问题。一方面要借助数字技术对已有的传统基础设施进行改造升级；另一方面也要适应新的数字经济发展及智能社会发展的需求，对现有基础设施的各方面性能进行优化和提升，例如要适应数据流量增长及数据流向的变化趋势，优化网络架构，推动数据中心提供多层次、体系化的算力供给。此外，也要加强数据基础设施和传统基础设施标准的融合和统一，促进不同基础设施之间的互联互通及共享利用。

第三，加强对新兴数据基础设施相关技术的研发、应用和推广。要重视对各领域之间的数据基础设施进行技术融合和互联互通，强化数字资源的开放共享以及整合利用。[①] 例如，加大在新一代通信网络技术方面的研发投入，鼓励企业和高校合作培育新一代的智能计算中心、"智能＋"行业赋能平台等人工智能方面的基础设施建设，探索开发新的、安全的、可扩展的区块链基础设施等。

第四，加强对于数据基础设施的安全保障。要积极制定数据基础设施互联互通标准，充分发挥第三方专业评估机构的作用，建立数据基础设施安全评估评测、可靠性保障的机制，构建一套科学的数据基础设施评估体系。同时，要把安全发展的要求贯穿到数据基础设施建设的整个过程，完善安全保障责任制度，防范、化解潜在的风险，确保数据基础设施能够安全、稳定地运行。

第五，注重调动市场力量，加强社会的广泛参与，充分激发市场投资的活力。由于数字基础设施的技术创新性较强，发展、商业模式也多处于探索时期，因此对于数字基础设施的投资回报呈现显著的不确定性。[②] 一方面，要继续加强体制机制改革，可以通过降低数字经济的市场准入门槛、明确数字经济监管规则等措施，为他们营造良好的市场环境，进而吸引企业参与到数字基础设施的建设和应用中；另一方面，可以根据数据基

[①]　国家发展和改革委员会：《"十四五"新型基础设施建设专家谈之一：系统布局新型基础设施夯实现代化强国先进物质基础》，2021 年 11 月 30 日，见 https://finance.sina.com.cn/wm/2021-11-30/doc-ikyamrmy6021777.shtml。

[②]　韦柳融：《关于加快构建我国数字基础设施建设体系的思考》，《信息通信技术与政策》2020 年第 9 期。

础设施建设的不同发展阶段、投资的规模、建设的周期、盈利的能力等方面，有针对性地丰富数据基础设施建设资金的投入途径，更好地发挥地方财政资金的引导作用，努力引导社会资本积极地投入到数字基础设施的建设之中。

第四节　数字产业化与产业数字化深度融合制度

所谓数字产业化，主要是通过数字技术以及信息化的手段，将数据、知识及信息等要素转化成生产要素，实现数据要素的产业化、商业化和市场化，进而产生出新的产品、服务及产业。而所谓产业数字化，则是要运用一些现代化的数字技术对传统产业进行改造，改变以往的生产周期以及传统的生产方式，凭借互联网的数字连接能力摆脱在时间和空间上发展的局限，使得传统企业能够把产品、服务提供给更大范围的用户[①]，企业可以利用现代化的数字技术对生产运营的各个环节进行优化，从而降低他们生产经营的成本，变革传统生产要素的配置及生产方式，提高企业的生产经营效率以及提供的产品和服务的质量。产业数字化可以有效提升企业的产出效率，推动企业生产规模的扩大，实现生产力水平跨越式提升。

从两者之间的相互关系来看，数字产业化与产业数字化本就是相辅相成的。一方面，数字产业化可以给产业数字化提供各种所需要的技术、产品以及数字产品、数字服务，从而促进和引领以往各产业的快速发展以及数字化的转型升级；另一方面，产业数字化也可以为数字产业化提供各行业在生产、经营、销售过程中产生的海量数据资源，推动数字产业的蓬勃

[①]　史丹、李晓华：《打造数字经济新优势》，2021 年 10 月 15 日，见 http://opinion.people.com.cn/n1/2021/1015/c1003-32254174.html。

发展，从而催生出一系列有关数字产品制造、服务、效率提升等方面的新兴数据产业。因此，在地方数字经济立法的过程中，更应当注重建立数字产业化与产业数字化深度融合制度，在促进互联网、大数据、人工智能等数字经济进行产业化的同时，也要注重与制造业、农业等一些实体经济的产业进行融合，促使地方的数字经济产业与实体经济产业能够同步向前发展。

当前，数字产业化与产业数字化的融合发展过程中还存在诸多问题。首先，一些企业的自主创新能力还明显不足，对于某些核心技术的掌握还远远不够。因此，在运用数字技术对实体经济的发展进行改造升级时，没有使实体企业与数字经济融合的叠加效应得到很好的发挥。[①] 其次，精通数字技术的专业人才也比较缺乏。从企业的管理决策层来看，企业的决策人员如果没有很好的数字化思维很难准确对外部环境的变化作出正常判断，也就无法做好企业的顶层设计，难以及时推动企业的数字化变革。从员工方面来看，在企业当中能够真正掌握人工智能、数字化管理、大数据分析的专业人才还远远不够，这也使得企业在融合数字新技术与实体经济产业发展时困难重重。最后，当前数字经济与实体经济的产业相互融合程度还很低。通常，数字经济与实体产业融合是通过产业内部成立的信息技术部门或企业与信息技术企业之间的合作等方式实现的。但实体企业中的很大一部分依然还高度重视传统的人力和资本要素，却忽略了大数据的新型要素特征。部分信息技术企业也未能充分把握实体企业的工艺和业务流程，很难精准地满足实体企业的转型需求，加之区域层面缺乏较为系统的互联网平台，大部分实体企业利用数据的成本和门槛较高，较多的实体企业无法有效利用数据，使得二者之间很难形成一个有效的互通机制，难以

[①] 杨道玲、傅娟、邢玉冠：《"十四五"数字经济与实体经济融合发展亟待破解五大难题》，《中国发展观察》2022 年第 2 期。

充分挖掘利用好数据的价值，将会大大影响数字经济同实体经济融合。地方数字经济立法关于数字产业化与产业数字化深度融合制度的构建可以从以下几个方面入手：

第一，要以创新技术为导向，做好顶层设计，根据各地数字经济发展的实际特点，探索合理的实施方案。产业数字化与数字产业化是一个动态的、长期的过程，由于各个地区经济发展水平、技术条件等许多方面均存在着明显的不同，因此各个地区所选择的产业数字化与数字产业化途径也并不相同，并不能完全照搬照抄，而是需要从各地的实际情况出发，进一步明确当地数字化转型的整体规划及各个阶段性目标。实现产业数字化与数字产业化的过程同时也是企业的功能结构、运行机制、产业同相关市场逐步提升改进的过程，因此必须突破实体经济以往长期形成的既有观念的束缚，进行积极引导与宣传。在地方数字经济立法的过程中，要积极探索利于数字经济发展的财政支持政策，尽量把国家层面的、已有的相关税收减免和扶持政策落实好，保证为当地企业的数字化转型提供各种优惠的政策以及财政经费方面的支持，服务于企业的数字化转型。同时，也要注重吸引那些数字经济发展较好地区的企业及相关资本在本地落户，通过这些企业和资本来进一步带动当地数字化水平的全面提高。也要通过地方的数字经济立法，为数字经济的发展营造出一个更加公平、透明的营商环境，从而推动实体企业凭借数字技术创造出全新的企业价值。

第二，要注重数字人才的培养。数字人才是大力发展数字经济、推进产业数字化与数字产业化融合的关键。应当从数字经济较发达地区引进数字人才，建立起完善的数字人才引进机制。也要鼓励建立利于数字化人才培养的社会组织，例如数字化人才培训机构、用工匹配机构、劳动权益保障机构等等，为数字化用工提供有效的组织管理与权益保障体系，促进传统产业劳动者实现向数字化劳动者的转变，多多培养能够满足数字经济发展要求的高素质的劳动力。数字经济是对传统经济的全面变革，两者的相关理论之间也存在很大的不同。在产业数字化转型的过程中同样面临着相关道德、伦理等层面的重大变革。可以通过引导相关科研院所以及地方高校等机构对数字化方面的理论及技术应用等进行更加深入的研究，促使地区高校及相关科研院所都能够主动地参与到数字知识传授、数字人才培养以及关于数字技术的研究当中。通过与企业之间建立的互动与联系，健全数字技术产学研配套的机制。

第三，要重点关注一些中小企业数字化转型过程中遇到的实际困难，通过地方立法的各项政策措施推动当地企业的数字化转型。要注重对于一些共性技术的研究开发，以核心业务和共性业务的数字化转型作为基础，促进其他行业的数字化转型。可以依托互联网企业以及行业协会等组织建设具有开放性和共享性的互联网平台，对各行业的数据进行集中采集和应用，引导优势企业尽快建立行业网络平台，进而推动中小企业进行数字化转型的进程。也可以通过提供适当的财政政策支持来进一步降低一些中小企业进行数字化转型的门槛，例如，采取发放数字化补贴等形式，对数字产业化服务企业进行让利，降低中小企业数字化转型的资金成本，为尚处在起步阶段的数字化企业从资本市场融资提供便利，解决好大部分企业"不敢转""不能转"的问题。通过打造产业数字化与数字产业化融合服务平台，为中小企业数字化转型提供系统的解决方案，解决"不会转"的问题。可以先培育一批具有科技性、普惠性并且能服务于实体企业数字化转型的新型企业，为企业数字化转型提供方向和引导，鼓励龙头企业利用其数字化转型的能力以及行业知识，建立起行业数据标准，加强企业之间的互联互通，赋能中小企业。同时，也要探索激励产业数字化与数字产业化融合的利益分配机制，结合增加企业利润、提升产品质量、节约成本等标准，对产业数字化与数字产业化融合的效益进行系统评估，推动产业数字化与数字产业化融合的可持续发展，从而实现各相关主体对融合成果的共享。

第五节　公共数据共建共享制度

公共数据来自于社会的公共领域，这些数据是被公众共同所知晓并由民众共同享有的数据资源，因此公共数据彰显着社会的公共利益。公共数据由政府、社会组织或其他组织负责收集、整理、管理并可以向公众提供，具有公共性、可共享性、可开放性、非竞争性、非敏感性等特点。而对于一些敏感数据，通过匿名化、特定对象去识别化等方式的脱敏处理可以将其转化成具有非敏感性的衍生数据，这些脱敏的数据在不涉及机密信息、无法恢复原状的情况下也可以成为可以开放的公共数据。公共数据大致可以分成两种，一种是非个人数据，这类数据本身与个人并不相干，也不与个人发生联系，比如交通、环境等方面的信息。另一种则是上述提到的去识别化的且不能恢复原状的数据，这种数据的前身也是个人数据，但是通过一些技术处理后便失去了识别功能。对于非个人数据而言，只要数据持有者获得数据的方式是合法的，这些数据也未被法律限制或禁止流通，那么在不侵害他人财产权益的情况下，数据持有者就有权许可他人使用这些数据。对于第二种涉及个人信息的公共数据，在去识别化且无法恢复原状的情况下对这些数据当中提取到的性别、年龄、消费习惯、财务状况等脱敏衍生信息进行开放和推送并不会对个人造成损害。

公共数据的可共享性决定了其价值不会因为数据的流通而受到减损，相反还会因为数据的使用而得到增加。因此，为实现社会管理的需要，政府和公共部门有权依法面向全社会收集相关的数据。政府以及相关机构向公众提供公共数据或是授权运营商在符合一定条件和限制的情况下使用、共享、加工这些数据，可以促进公共数据的共享与开放，提高这些公共信息的透明度和可用性，也利于公共数据的再次利用和再次开发，进而可以带动数字经济新业态的创新与发展。公共数据是实现按需分配最好的生产生活要素之一，因此，在保证国家安全、商业秘密、个人隐私不会受到侵犯的情况下，应当尽可能地对这些公共数据进行开放。《国务院关于加强数字政府建设的指导意见》①中也提到："要编制公共数据开放目录及相关责任清单，分类分级开放公共数据，有序推动公共数据资源开发利用。"因此，在地方数字经济地方立法过程中，应当积极探索公共数据的流通交易规则，建立健全公共数据共建共享制度，从制度建设的层面兼顾对公共数据的开发利用及数据安全保护。

第一，要建立公共数据分类分级确权授权制度，明确公共数据与隐私数据之间的界限。对于那些无关重大公共利益、不会危害国家安全且不会侵害到个人隐私、商业秘密的公共数据，无需实行太过严苛的管控，应该将这些数据开放给社会进行利用和再利用，推动政府部门、公共企事业单位的数据资源向社会有序开放，打破数据保护主义以及行业数据壁垒。但在对这些数据进行开放时，还需要坚持以下几个原则：（1）开放原则，即把开放作为常态，不开放作为例外，对于能开放的数据都应当尽量开放；（2）原始原则，即在筛选出其中的非开放数据后，应当尽量保留数据的原始纯度；（3）及时原则，即应在第一时间发布数据，充分实现数据的价值；（4）便于获得原则，即拓宽开放数据的对象类型，丰富数据的使用目的；（5）平等开放原则，即平等地对所有主体开放数据；（6）非排他性原则，即公共数据并非是排他的，任何个体都不能独占；（7）无需许可性原则，即除去有合理的关于隐私、安全等特殊情况之外，不能对公共数据的开放进行其他限制。②除此之外，对于公共数据开放过程中可能存在的一些拒不公开、数据造假、拒不免费、数据歧视等问题，地方数字经济立法

---

① 《国务院关于加强数字政府建设的指导意见》，2022 年 6 月 23 日，见 https://www.gov.cn/zhengce/content/2022-06/23/content_5697299.htm。

② 郑磊：《开放的数林：政府数据开放的中国故事》，上海人民出版社 2018 年版，第 30 页。

也应当制定相应的解决措施。

第二，要明确公共数据的具体使用规则。应当通过明确的开放使用规则来化解各方主体在使用这些公共数据时存在的顾虑，在保证安全性可以控制的情况下，应当最大限度地调动起市场主体参与开放公共数据的积极性。同时，也要拓展公共数据的开发方式，进一步明确公共数据被授权的对象、被授权的范围以及其他授权的规则，加强对公共数据开放共享以及对公共数据的授权使用的相关立法，解决好公共数据治理过程中政府部门存在的技术性短板问题，保障公共数据开发运营活动的有序开展。要鼓励各种形式的公共数据开放，鼓励各类企业在合法合规的基础上依托公共数据提供为大众提供各种公共服务。

第三，要加强对数据要素产生的来源、数据的交易过程、数据的使用方式等方面的监督和指导，建立起省市区县之间的数据共享协同机制。各级政府应当进一步加强对数据要素研发团队的鼓励政策、资金等支持，加快搭建数据市场流通平台，不断探索新的数据要素市场场景，进一步提高数据供给的效率。要加快构建由政府引导和支持、由企业运营维护、由社会共享的数据投资模式，把科研创新体系与相关企业的技术开发活动结合起来，实现跨层级、跨地域、跨行业数据的开放和共享。

第六节　数据安全治理制度

数据安全治理制度通过采取一系列有关数据风险评估和数据安全管控的措施来保护数据及其价值实现。[1] 数据安全是数据要素进行流通交易的

---

[1]　高丽华:《加强数据治理守护数据安全》，2022 年 9 月 3 日，见 https://theory.gmw. cn/2022-09/03/content_35999585.htm。

首要条件。在数字经济迅速发展的同时，数据中蕴含的经济价值也遭到了大量不法分子的觊觎，各种数据安全问题也频频发生，数据安全面临着巨大的挑战，严重阻碍着数字经济的健康发展。[①] 目前，国家层面已经颁布实施了《中华人民共和国数据安全法》，也制定了数据安全治理方面的相关规范，其中也指出要对数据进行分类分级保护，强调开展数据活动的主体都应当主动承担起对于数据安全的保障义务并应当主动承担起相应的社会责任。2021 年颁布的《中华人民共和国个人信息保护法》也对个人信息处理、保护制度的权限及责任进行了明确。数据安全治理不仅需要国家层面的制度供给，也需要依靠地方立法进行补充，各行业在对数据进行整合、利用的同时也应充分考虑到数据的安全治理问题。为确保数据被合法利用的同时能够得到有效的保护，在对数据进行收集、存储、传输、利用、公开的每个环节都需要设定具有针对性的数据安全治理措施。因此，在地方数字经济立法过程中，必须重视建立和完善数据安全治理制度，在数据的整个生命周期过程中指导、规范数字企业和数字平台有序地开展数据安全管理工作。

第一，在开展数据安全治理制度的立法工作时，要严格遵循《立法法》及其相关上位法的规定。[②] 进行数据安全治理的基本前提和边界是国家利益及国家安全，地方立法在细化、补充《中华人民共和国国家安全法》《中华人民共和国数据安全法》等上位法时，要注意与上位法的衔接。在开展数据安全治理制度的立法工作时，"安全与发展并重"是应当坚持的基本原则，数据安全治理需要结合地方现阶段数字化的建设水平，共同推进数据的开发利用和数据的安全维护工作，协调好数据安全与经济

---

① 左越、窦克勤、李君：《我国数字经济高质量发展制约因素及应对策略》，《科技创新导报》2019 年第 16 期。
② 刘莘、覃慧：《论我国"法制统一"的保障体系：兼评修正后〈立法法〉的有关规定》，《江苏社会科学》2015 年第 4 期。

发展之间的关系，防止因规则制定得过于严格而引发执行过程中产生的异化，阻碍数字经济的发展。① 地方数字经济的立法要主动配合已有上位法的规定，进而细化有关数据流动、数据分级分类等方面的具体规定。同时要推进关于数据安全保障、数据安全应急处置等方面相关法规政策的制定。

第二，要制定地方统一的数据安全分级分类标准，明确不同类别、不同等级数据的划分标准以及相对应的安全管理目标，以便统筹规划和安排数据安全治理工作。对数据进行分级分类是对数据进行安全治理的第一步。《中华人民共和国数据安全法》也规定："国家建立数据分类分级保护制度，根据数据在经济社会发展中的重要程度，以及一旦遭到篡改、破坏、泄露或者非法获取、非法利用，对国家安全、公共利益或者个人、组织合法权益造成的危害程度，对数据实行分类分级保护。"对数据进行分级分类就是要将相同数据或具有相同特征的数据按照一定的原则和方法进行归类，分成不同的类别，使得用户可以根据不同数据的等级和类别对数据进行查询、使用、保护、识别。数据安全治理制度就是要依据数据所含信息敏感程度的不同划分为不同等级，比如不敏感的数据、低敏感的数据、较为敏感的数据、敏感的数据、可以脱敏的涉密数据等，同时根据数据所涉及部门的不同对数据进行分类，把属于同一部门管理的数据归为一类进行管理。因此，地方需要制定具体的《数据安全管理规划》《数据安全等级划分标准》等数据分级分类的地方性指导文件。在数据分级分类的基础上，可以采用"1＋N"的模式出台地方数据安全领域的政策法规，即制定一个引领性的数据安全治理地方性法规并发布N个具体的配套工作制度的政策文件，对于不同等级、不同类别的数据应当采取不同的数据安全管理措施和办法，制定相应的管理标准与

① 张岩：《数据安全法治建设研究》，《合作经济与科技》2021年第17期。

工作指导细则。

第三，要设立相应的监督措施保障地方数据安全治理工作的有效开展和落实，从政策监管方面为地方的数据安全治理提供综合指导。例如，可以通过制定地方数据安全问题管理办法、数据安全管理考核评价办法，对数据安全管理工作的执行落实情况进行监督管理。政府是数据安全治理的第一主体，政府在数据安全监督管理的过程中发挥着不可替代的作用。因此，可以由政府设立具体的奖励惩罚制度对数据安全管理工作达到标准的企业给予奖励，激励各数字经济企业和平台加强落实数据安全管理工作，针对数字经济发展过程中出现的数据安全问题追究相关主体的责任，完善追责奖励机制等配套制度。要强化各数据相关主体的安全责任意识，对数据安全相关各方的主体责任进行清晰的规定，提升数据流通交易主体的数据安全治理能力，并由数据采集汇聚、加工、处理、流通、交易、共享、利用的各个环节中的各个参与主体依法承担相应责任。可以建立集数据安全风险评估、检测、预警于一体的数据安全风险预警机制，提高数据安全监控的及时性和应对安全威胁、防范风险的主动性。此外，要以数据安全治理的现实需求为依据，对数据安全治理政策进行持续性的调整，加强地方立法的制度供给，把数据安全治理落到实处，从而保障数据生产者和拥有者的数据安全。

第四，要建立政府、行业组织、企业协同的数据安全治理机制。要充分认识到，行业组织、企业等参与主体是数据安全治理的主要对象，也是影响治理效果的最直接的因素。因此，需要高度重视各数字经济企业、相关行业组织、公民对当前数据安全治理措施执行落实的情况、治理的实际效果以及对治理问题的及时反馈。政府要加强与企业之间的双向沟通，要及时了解数据安全治理过程中存在的问题，积极探索解决此类问题的有效手段，同时也要督促数字企业主动积极地了解最新的数据安全治理政策。公众的监督行为能更好地推动数据保护、数据流通、数据共享等治理基本框架的形成与完善。因此，要制定相关监督措施，监督数据安全治理制度的执行和结果，例如，可以进一步对公民数据安全的权利及义务方面的规定进行细化，也可以通过建立公民意见反馈平台等方式更好地发挥公众的作用。①

第七节 数字经济行业监管与社会共治制度

监管是指政府对市场的干预，也是克服市场失灵的基本手段之一。②在数字经济时代，仅仅依靠传统的监管体系和治理手段已经无法很好地适应数字经济发展的要求，必须坚持规范与发展并重的原则，建立起数字经济行业监管和社会共治制度，推进数字经济监管体系和治理能力的提升与变革。

对数字经济实施行业监管的目的在于防范和化解数字经济行业发展过程当中产生的一些系统性风险，确保数字企业可以在合法、合规的边界内有序向前发展。对数字经济进行行业监管可以有效地解决数字行业发展过程中产生的内部和外部问题。外部问题主要指由交易者的行为造成的对交易之外第三人产生的有利或不利影响，且交易者并不需要为这些影响承担后果，比如网络金融平台当中存在的一些违约风险经过网络外部性的放大很有可能演变成系统性的金融风险，而这些后果最终只能由消费者和社会买单。内部问题主要指由于信息不完全使得交易一方对另一方造成的有利或不利影响，且交易者也不需为这些问题承担后果。比如，一些数字平台未经用户的允许，擅自收集超过隐私协议许可范围的用户浏览记录、消费

① 陈兵：《完善数据安全治理应从三方面入手》，《国家治理》2020 年第 36 期。
② [美] 丹尼尔·F.史普博：《管制与市场》，余晖、何帆、钱家骏、周维富译，格致出版社 2017 年版，第 1 页。

记录、谈话内容等个人数据信息导致的用户权益减损。① 为了使地方数字经济与地方实体行业进行深度融合，必须依靠各种行业性的法规、政策对地方数字经济进行行业监管，才能推进数字企业合法、合规、有序发展。

目前，随着监管技术手段的数字化，各种数字监管技术也越来越多。以往仅依靠政府市场监管部门作为单一监管主体的监管模式严重忽略了数字平台、各行业协会以及其他主体的重要监督作用，已经不能很好地适应当前对于数字经济监管的需求。政府、行业组织、企业和公民都是数字经济治理的命运共同体。② 对数字经济进行监督和管理需要多个社会主体的通力合作，市场主体、行业协会等主体也应当成为对数字经济进行治理及监管的主体。对于地方数字经济的治理，单单依靠地方政府是远远不够的，更需要依靠公众的参与以及各数字企业的自我管理。因此，有必要建立健全数字经济行业监管和社会共治制度，实现数字经济监管和治理的民主化。

第一，要发挥政府对数字经济监管、治理的主导作用，理清地方政府以及各相关部门的责任，明确其他治理主体在治理数字经济过程中应当承担的责任和义务，通过各种治理手段影响、协调其他数字经济参与主体的行为。摒弃传统的政府进行全能监管的方式，不仅要对地方政府监管的范围进行明确合理的界定，对于各地方政府部门监管的内容也要进行精细化的区分。要对责任和权力边界进行明确区分，对不同行业的监管流程进行详细具体的规划，加强对公权力介入数据产业的限制，避免权力的滥用。可以适当地改变各行业职能部门现有的监管模式，对那些分散在不同部门中的相关监管机构的职能和职权进行整理汇总。③ 同时，要督促各行业监

① 张铁薇、陈茂春：《〈反不正当竞争法〉"网络条款"司法适用的反思——以消费者利益标准为视角》，《商业研究》2021 年第 4 期。

② 田刚元、陈富良：《经济全球化中的数字鸿沟治理：形成逻辑、现实困境与中国路径》，《理论月刊》2022 年第 2 期。

③ 黄颖轩：《优化数字经济监管：挑战、理念和路径》，《中国市场监管研究》2022 年第 4 期。

管部门正视数字经济发展过程中存在的监管不足问题，对各行业在数字经济发展过程中可能发生的诸如隐私保护、平台垄断等问题采取谨慎态度，应当针对反垄断法和反不正当竞争法的适用性进行深入研究从而更好地应对数字技术变革快、创新周期短等特点。此外，要避免采取歧视性的监管措施以及"一刀切"式的管理方式，应当把公平竞争作为数字经济行业监管的基本要求，根据当地数字企业的特点进行分类治理，适用不同的政策组合进行监管，促进数字企业之间的公平竞争。要在提高发展质量、保障数据安全的基础上，充分发挥好市场机制的调节作用，避免行政垄断的发生。要对监管框架进行因时因地的调整，加强对各个具体市场竞争状况的动态评估，强化企业的自律意识。只有根据不同治理主体的不同特性构建起数字经济行业监管和社会共治制度，才能保障数字企业、公众以及地方政府的相关部门都能在各自的边界内合法合规地使用数据，打造社会协同共治的数字经济发展局面。

第二，要依托互联网、大数据、区块链等数字技术开展数字经济的监管活动。可以在地方政府的主导下，由市场监管部门进行牵头，组织其他相关部门协同合作，共同参与建设地方性的协同监管信息共享平台，构建起一个可共享、可跨部门的监管系统，提高数字经济行业监管的效率。通过"互联网＋"或者"大数据＋"的竞争监管方式，依靠大数据作出决策、进行管理、开展创新活动，可以进一步提高政府利用大数据进行决策、监管的能力，实现对数字经济智能化、精准化的监管，使得数字经济的行业监管能够更具有针对性、及时性。现代数字技术的应用有助于实现行业监管和治理的扁平化、平台化，提高行业监管和治理的效能，要加快建立开放性的政府，推进开源化项目的建设，推动大数据、云计算、区块链、人工智能等数字技术的创新，拓展数字技术在行业监管过程中的应用场景。

第三，要适当地赋权给地方的行业协会，激励他们制定当地相关行业的行为规范、职业道德准则、经营规范、质量标准等一系列规则。① 要把行业协会当成是数字企业以及数字从业人员向外发声的一个重要途径，通过以行业协会为牵头者的反馈机制及时地向地方政府反馈数字企业的各项具体诉求以及数字企业在本行业发展过程中存在的各种实际问题，从而保障企业的各项权利得以实现。作为数字经济行业的参与者，要明确自身的主体责任，严格执行行业规范、经营规范、质量标准等规则，主动承担起自身的主体责任，严格规范地行使权利。此外，要利用好社会监督，比如通过支持第三方组织出台行业服务标准和自律公约的方式，提升数字行业参与者进行自我管理的积极性，推动企业的自律。

第四，要注重数字经济社会治理过程中的公众参与。② 应当对投诉、举报、诉讼等正当途径的相关制度进行完善，促使公众能够依法、依规地维护自身合法权益，培养公众积极参与数字经济社会治理的意识，鼓励并引导他们积极参与到地方数字经济的社会治理当中。可以通过新闻媒体和社区进行宣传，通过建立智慧服务场馆、数字治理体验馆等方式向公众普及数字经济社会治理的相关知识及法规政策，熟悉在线治理的各项流程，提高公众的数字素养，促使公众形成数字习惯。③ 要注重发挥那些与公民生活关系密切的群团组织或社会组织的社会治理作用，推动数字经济社会治理的重心向基层聚集。要打造以公众为中心的数字经济社会治理平台，提升基层的数字经济治理水平，推动政府、企业、社会组织以及公众之间能够形成良性互动、共同治理的数字经济社会治理新格局。

---

① 李子文：《新经济监管的问题、思路和对策》，《宏观经济管理》2020 年第 4 期。
② 王亚玲：《论共建共治共享社会治理制度与数字经济的耦合性及实现路径》，《社科纵横》2021 年第 36 期。
③ 王亚玲：《公众参与：智慧城市向智慧社会的跃迁路径》，《领导科学》2019 年第 2 期。

第 七 章

数字经济发展地方立法实证研究（上）

研究地方数字经济立法可以为江西省数字经济立法提供经验参考，本章主要对《浙江省数字经济促进条例》《广东省数字经济促进条例》《河南省数字经济促进条例》《广州市数字经济促进条例》《河北省数字经济促进条例》《石家庄市数字经济促进条例》进行解读。

第一节 《浙江省数字经济促进条例》解读

《浙江省数字经济促进条例》（以下简称为"该条例"）于 2020 年 12 月 24 日通过实施，是我国最早的一部促进数字经济发展的地方性法规。

一、凝聚实践经验，突出省域特色

浙江省发展数字经济在全国范围处于遥遥领先的地位，其数字经济发展历程已有二十年。早在习近平同志任浙江省委书记时，他就高瞻远瞩地看到数字化对经济发展的巨大推力，指出了"八八战略"，推进"数字浙江"建设，从而拉开了浙江省进行数字经济建设的序幕。后浙江省经历了突破期（2004—2012 年）、示范期（2013—2017 年）以及深化发展期（2018 年以来）三个阶段，2017 年底一鼓作气地提出了数字经济"一号工程"的号召。[①] 近年来，浙江省在世界互联网大会、2021 年世界数字经济大会暨第十一届智慧城市与智能经济博览会，G20 杭州峰会等举世瞩目的重大会议上大放异彩，分享了浙江省数字经济发展的优秀成果，向世界展示了中国经济发展的新高峰。

该条例的第二章数字基础设施建设，第四章至第七章的内容，尤其是第三十七条指出县级以上政府部门要深化"最多跑一次"改革，推进政府治理数字化转型，第四十条指出浙江省县级以上政府及其相关部门应当加强智慧城市建设，推动"城市大脑"应用推广等内容实际上都是结合浙江省近年来的数字经济改革的丰富实践经验，以条例的形式将实践获得的成果进行巩固深化。在浙江省 2018 年发布的《浙江省数字经济五年倍增计划》里，浙江省从突破核心技术、数字产业化提升行动、产业数字化转型、新业态新模式培育等七大方面落实 2017 年浙江省数字经济一号工程的方案，并且每个计划行动后面都有分配相应的政府部门负责。该条例则是在倍增计划的基础上进一步总结凝练，体现了浙江多年来努力进行数字经济改革所取得的实践成果。

现如今，浙江在数字经济倍增计划取得优异成绩后，又继续开展了数字经济发展"十四五"规划布局。目前关于数字经济发展仍然存在很多问题，比如数据产权不明晰，数据利用中存在个人信息保护问题，数据竞争中不乏知识产权保护和反垄断问题。该条例对这些问题虽有涉及，但是内容仍不明确，因此在浙江省更深入而广泛地实践后，尤其是作为中共中央、国务院在 2022 年 12 月发布的《关于构建数据基础制度更好发挥数据要素作用的意见》即"数据二十条"规定的唯一试点地区，上述问题终会得到相应解决方案。

---

① 徐梦周、吕铁：《数字经济的浙江实践：发展历程、模式特征与经验启示》，《政策瞭望》2020 年第 2 期。

二、划分数据类型，加强数据资源利用和保护

数据资源的数据要素化包括数据资源市场化和数据处理行为产业化，其中数据资源市场化就是指通过市场机制配置数据资源，提高数据资源配置效率和质量。[①] 数据权属不清问题的前提是数据资源可作为产品在市场上进行交换，各利益主体对数据产品交换后的利益进行分配，但正因为目前没有一个明确公平的分配标准，才导致后面数据提供者、数据控制者和数据经营者之间的矛盾。数据资源市场化存在相关主体对数据进行提供、收集、存储、使用等处理行为，这又涉及处理界限的问题，比如个人信息哪些部分是无须自然人授权同意即可由处理者予以处理，经营者进行营利使用，同时使用的范围又如何，自然人对经营者的使用程度有多大监管的权限，在个人信息遭到泄露时如何维权？这些问题都是层层递进的，因此需要把握重点，首先要把数据产权予以明晰。

该条例首创性地将数据资源划分为公共数据和非公共数据，言下之意，公共数据是共享的，公共数据和非公共数据中除了涉及国家利益社会、公共利益和他人合法权益的部分，可以由企业和其他机构进行营利使用。该条例对公共数据的定义范围和使用限度予以明确，有利于社会公众最大化地享受数据资源的利益，不妨碍企业等数据资源经营者对数据进行加工、传输而获得的数据产品进行市场交易，也强调政府相关部门和网络运营者打击违法使用数据资源行为，加强数据安全制度建设和管理，保护了国家、社会和个人的利益。从促进数据资源利用和保护的角度来说，该条例对数据的分类具有先进性。

[①] 时建中：《数据概念的解构与数据法律制度的构建——兼论数据法学的学科内涵与体系》，《中外法学》2023 年第 35 期。

三、重视基础设施建设，保障数字经济持续发展

数据具有双重属性，一方面，其是信息的载体，包含着国家、社会和个人等方方面面的信息，随着信息技术的日益发达，数据涵盖的信息内容也十分庞杂；另一方面，数据作为各国抢夺经济发展制高点的重要生产要素，其可以作为资源进行市场化交易。从社会实践发展的情况来看，数据来源于信息，但最终又在信息基础上蜕变，成为推动国家社会生产发展的重要资源。数据以数字化的形式存在，其离不开新一代移动通信网、大数据中心、云计算等数字技术的驱动，因此基础设施建设就变得尤为重要。

浙江省显然早就敏锐地意识到这个问题，没有良好的基础设施建设作为支撑，何谈大力发展数字经济？因此该条例的第二章就以专门一章的形式着重强调如何推进数字基础设施建设，该章明确规定了数字基础设施的内容，政府各部门对推动数字基础设施建设应履行的职责内容。该职责内容展示了浙江省牢固树立绿色兴省、走可持续发展之路的理念，尤其体现了新发展理念中的协调、绿色和共享理念，主要表现为提升乡村网络覆盖水平和质量，促进城乡、海陆空数字技术一体化统筹发展；加强高等级绿色数据中心建设，推动传统数据中心改造，做到技术优先，节能减排，协同发展；推广物联网技术，使数据能够互通共享。此外，该条例在第八章法律责任中也将有关部门和个人不按照有关标准进行基础设施建设的行为予以行政处罚。由此可见，浙江省十分重视基础设施的建设，不仅用一章的篇幅予以明文规定，更是加强执行条例规定，以行政处罚的制裁后果来保障条例的贯彻实施。

四、发挥政府主导作用，提高数字化治理水平

如前所述，数据资源能够进行市场交易，因而构建统一、开放、公平、良好的数据资源市场交易机制就十分重要。我国政府近年来强调

转变政府职能，加强"放管服"改革，让市场发挥在资源配置中的决定性作用。但是数据资源、数字化技术毕竟是新兴产物，蕴含着巨大的发展空间，稍有不慎，极有可能造成国家、社会和个人信息的泄露，面临的损失不可估量。因此加强监管也十分必要，但不能因噎废食，进而阻挡技术创新的步伐。

近年来，我国民法、刑法等相关法律法规将网络平台运营者的监管责任纳入法条之中，如《民法典》第一千一百九十四条至一千一百九十七条明确规定了网络服务提供者对网络用户及其侵害他人合法权益的行为具有监管义务，并在网络用户遭受侵权的情况下及时采取相应措施，否则应当承担侵权责任，或者与侵害他人权利的网络用户承担连带责任。《刑法》第二百八十六条之一和二百八十七条之二分别规定了网络服务提供者不履行网络安全监管义务并在相关部门责令采取措施后拒不改正及帮助网络用户进行违法犯罪的，需要承担相应的刑事责任。但由国家政府部门主导、网络平台自我监管的数据资源安全保护仍不够，作为数据资源的提供者、广大的个人或组织更需要自我保护。目前，仍有很多民众的个人信息，如电话号码遭泄露，常有各种推销电话或信息进行骚扰，民众苦不堪言。在数字经济发展的未来，赋予民众更多保护个人信息不被泄露，加强信息的分流使用是解决上述困扰的关键。

平等、自由、安全和公共利益都不应当被假设为绝对价值，因为它们不能孤立地、单独地表现为终极的、排他的法律理想。在构建一个成熟和发达的法律体系时，应当将它们置于适当的位置。① 针对发展数字经济中存在的平衡各方价值利益的问题，有学者提出运用整体性共享、共建、共治的规制思维，探索以政府主导规制，第三方参与规制以及个人自治规划

---

① ［美］E. 博登海默：《法理学——法律哲学与法律方法》，邓正来译，中国政法大学出版社 2017 年版，第 199 页。

协同合作的联动架构来解决公民个人信息保护和数字经济发展的问题。[①]
在浙江省该促进数字经济发展条例中，第三十六条就直接明确要建立多元
共治体系，构建政府监管、平台自治、行业自律、公众参与的多元治理格
局，同时也强调政府要依托数字化技术，建立统一高效智能的治理体系，
不断提升治理能力，加强数字市场竞争监管和积极履行个人信息保护、知
识产权保护等义务。由此可见，浙江省重视公众积极参与数据安全治理工
作，体现了以人民为中心的发展思想。同时法治是国家治理的基本方式，
也是浙江省数据发展和安全治理的重要道路，但法律、行业规范和道德等
多种规范并行可以互相弥补各自的缺陷，政府、网络平台、行业协会和公
众共同参与数据安全治理中也能填实机制漏洞，使各方积极发挥作用，从
而让数字经济发展迸发出更大的活力。

第二节　《广东省数字经济促进条例》解读

在国家积极推行《民法典》、努力实现"十四五"规划和2035年远景
目标的背景下，《广东省数字经济促进条例》于2021年9月1日正式实施，
这份法律文件在《广东省信息化条例》的基础上顺应时代潮流和国家社会
发展的新目标和新要求予以调整和转变，是广东省积极响应国家的数字中
国建设战略的重要法律文件和保障。

一、促进数字技术与产业经济深度融合

互联网被誉为继蒸汽机、电力后的第三次工业革命，数字技术将互联

[①]　陈兵：《法治视阈下数字经济发展与规制系统创新》，《上海大学学报（社会科学版）》
2019年第36期。

网提升到一个更加依靠数据的阶段。当今世界的国际形势新一轮科技革命和产业变革深入发展，对于我们国家来说，虽是机遇，也蕴含挑战。数字技术对一个国家来说，既能使其在国际竞争中保持优势地位，同时也能促进该国的经济体制变革，减少能源的过度消耗，促进资源的最大化利用，实现国家社会的可持续发展，更重要的是能让数字技术的发展成果惠及全体人民，提高社会的文明程度。广东省作为人口大省，又是经济发展的标兵，在数字技术方面的创新与发展也不落后于其他省。尤其是在疫情时期，社会经济产业遭受了极大打击，但数字技术发展的作用也愈加凸显，不仅体现在教育医疗等服务业，对于足不出户就能完成工业产量和农业种植收割等任务也有巨大的帮助。

数字化本是一种虚拟化的形式，是对大数据信息的收集和利用。对于促进虚拟经济的发展不言而喻，但虚拟经济的发展容易引发金融危机，导致生产和消费的无序化，造成大量资源的浪费。因此，我国现阶段的数字技术的发展更侧重于实体经济融合发展，促进农业、工业和服务业的数字化，使这些产业以一种更加现代化智能化的形式发展。

从该条例的结构来看，该条例总共分为十章，其中第二章内容为数字产业化，第三章、第四章和第五章分别细化规定工业、农业和服务业三个产业的数字化。该条例用近一半的章节详细规定数字技术和产业经济如何深度融合发展是其他条例所不具备的，如《浙江省数字经济促进条例》第四章和第五章就直接规定了数字产业化和产业数字化。条例规定得越细致，各项产业的数字化发展也更会有方向，从而按部就班地朝着既定的规划迈进。

从该条例的内容来看，该条例第二章至第五章的内容描述了数字技术如何实现产业化，以及工业、农业和服务业如何在政府的支持和引导下插上数字技术的翅膀，实现个性化发展，满足人民群众多层次、多样化的需求。这些章节的内容都在强调政府要积极鼓励企业及工厂、服务业和农业工作者努力搭建各自领域产业的平台，完善相应的应用，发展新业态和新模式。这些规定体现了广东省积极落实党的十九届五中全会以及国家十四五规划中的重要内容，坚持创新的核心地位和促进现代化产业升级的要求。

二、政府提升服务质效为数字化发展赋能

我国政府的职能是服务和管理，由于我国社会主义市场经济发展壮大的要求，政府近年来一直努力转变职能，更加强调运用数字化技术提高政府服务水平。政府承担着政治建设、经济建设、社会建设、文化建设和生态文明建设这五项具体工作，意味着其在建设数字中国、推进科技强国战略中发挥着至关重要的作用。

在政治建设方面，当前各国都努力抢占数字技术发展的制高点，努力发展数字技术，我们国家只有实现科技的独立自主和自力更生，才能在实现现代化强国建设和中华民族伟大复兴的征程中不被其他国家掣肘和卡脖子。在经济建设方面，数字技术能够促进城乡融合发展、推进乡村振兴，减小贫富差距，实现共同富裕的根本目的。这意味着政府需要调动巨大的人才、政策和技术等资源来帮助乡村人民掌握数字技术。在社会建设方面，数字技术能够实现社会资源的充分调动和运用，让国家机构和社会相关部门能够精准有效服务和管理。在文化建设方面，数字技术的发展能让人民群众充分体验到数字技术的魅力，享受现代文明发展的成果。在生态文明建设方面，数字技术的发展能够贯彻新发展理念，改变以往的高投入——高产出的高耗能发展模式，推进绿色中国目标的实现。然而我国现阶段在实现数字中国建设方面存在着数字技术覆盖面不全的问题，核心技术仍需不断攻克，以及如何实现数据资源促进经济发展和个人信息保护之间的平衡仍是需要解决的问题，人民群众的法治意识和道德水平参差不齐也是造成社会管理难度的原因之一。这些都是政府在推进数字政府建设，

不断提升政务水平面临的难题。

该条例全篇内容每一章都有大量政府及相关部门为促进数字经济应当采取哪些措施的表述，分别规定省级人民政府统筹管理全省的数字经济发展、市县级政府及相关部门负责具体推进数字经济发展具体工作。这些规定体现了广东省数字经济发展规划布局科学、职责分明的特点，从而提高了广东省数字经济发展的科学性、民主性。同时也从侧面说明了广东省人民政府积极落实国家战略规划，充分调动政府部门的政策优势为企事业单位和公民发展数字经济贡献力量。

三、重视数字经济的发展和信息安全保护

该条例第六章规定了数据资源的开发保护，第七章规定了数字技术创新，第八章则是数字基础设施建设，第九章的内容是政府各部门的保障措施。这四章内容共同构成广东省对数字经济的发展和信息安全保护，这一特点也可从总则部分的包容审慎、安全发展的原则发现。

大数据被誉为可与石油相媲美的资源，各国都在如火如荼地加强对大数据的开发力度，但大数据的产生是将国家、社会和人民群众生产、分配和消费环节中的信息和数据予以收集整理，这必然会面临利用的界限问题。我国近年来加强对网络暴力的整治工作，人肉搜索是网络暴力的重要手段，《民法典》《数据安全法》和《个人信息安全保护法》等法律的公布实施，对公民的人格权益和数据财产利益予以法律保护，对解决数字经济发展存在的信息安全泄露的问题进行预防和惩治。该条例规定了个人信息受法律保护，对个人信息的收集、存储、使用、加工等要遵循合法、正当和必要的原则。政务信息则要使公民能够合法便利地查询和使用，因而该条例规划广东省要建立全省统一的政务基础网络、平台和大数据中心。除了对信息安全保护外，该条例也重视对数字经济的反垄断，加强数字经济领域的知识产权保护，探索建立统一开放共享透明的数据交易市场，平等

保护交易主体的合法利益。

四、加强国内外数字经济交流合作

广东省具有极其优越的地理优势，阳光充足，降水丰沛，极其适宜农业的发展，同时人口数量众多，有丰富廉价的劳动力，位于沿海地区，毗邻国家战略性发展的多个关键地带，该省经济总量已连续多年位于全国第一。基于这样的地理位置，该条例第七条规划了广东省可以加强与"一带一路"沿线国家和地区、粤港澳大湾区，以及本省的珠三角核心区、沿海经济带等国内外的数字经济交流合作，第三十三条规定了建立与国际接轨的数字贸易体系，第三十六条规定了文化部门加强数字文化产品的海外市场，第四十九条规定了市场监督管理部门支持社会团体及企业和其他组织加强数字经济国际规国际国内标准，第六十七条规定了相关部门举办数字经济领域的会展、赛事等活动，搭建国内外交流平台。

从该条例的内容来看，广东省充分利用和发挥其地缘优势，从政治、经济和文化等多方面布局，努力加强国内外的数字经济交流合作，以促进省内地区经济平衡发展，提高经济发展的质量和效益，改变依靠廉价劳动力的轻工业发展格局。同时，广东省一些地区如深圳、广州发展高科技产业的企事业单位也较多，资金雄厚，基础坚实。加强对这些高新技术产业开发区的政策投入力度，提高技术成果的转化效率，能使广东省继续成为全国数字经济发展的风向标和排头兵。

第三节　《河南省数字经济促进条例》解读

自2021年6月《河南省数字经济促进条例》（以下简称《条例》）起草工作组成立，到2021年12月28日《条例（草案）》经省人大常委会第二次审议通过，时隔半年，《条例》正式通过，这标志着河南省数字经济发展迈入了新阶段，逐渐实现数字经济的高质量发展。《条例》共十章，总共七十六条，囊括了数字技术的支持发展、数字产业的提升、数字安全的保障，以及数字治理等领域。

河南省作为全国大省，在数据资源、市场潜力等方面都具有其独特的优势，数字经济发展的基础较为扎实、潜力巨大。近年来，为全方位打造数字经济强省，河南省连续 5 年推行《河南省数字经济发展报告》，对"十四五"期间的数字经济发展方向进行了精准部署，不断扩大数字经济成长规模。近年来，河南省旨在以数字经济发展提高实体经济参与度，实现经济各方面快速发展目标，加快河南数字经济建设，依托天然优势，不断提升数字经济向各领域渗透的速度，做大做强数字经济发展新优势。

根据官方统计数据显示，2022 年，河南省 5G 基站总数达到 15.32 万个，居全国第 5 位，同比增长 57.8%。互联网企业总数达到八千多家，在全国排名第三。河南省近年来在推动数字经济发展方面做了许多努力，也取得了较大成就，数字经济已经成为拉动河南省经济快速发展关键，虽然成就巨大，但是同某些发达省市相比，河南省数字经济发展仍存在诸多问题急需解决。在此次《条例》的制定过程中，立法机关针对实践中出现的问题进行考察并有针对性地解决，结合《条例》内容，主要有以下立法亮点。

一、加强数字经济安全保护，建立数字经济安全应急机制

伴随着数字经济的不断发展，数字经济的安全风险问题也成了河南省的一大挑战。数字经济日益出现在经济生活的不同领域，日益增多的新型风险初步显现。数字经济相较于实体经济带来的风险范围更广，危害更大也更加难以应对。在数字化转型加速发展过程中，工业数据安全风险也越来越突出，以更快的速度从虚拟空间不断扩展到物理空间。①一旦发生工业数据安全泄露事件，对经济的发展以及公民的社会生活将造成极大的威胁。如今工业数据安全风险变成了诸多省市急需解决的困境和难题。数字经济在为人们学习工作生活等领域提供便捷的同时，各类数据的处理等安全风险也不断增加。并且面对数字经济的安全问题，现有的传统治理手段有时是失灵的，相较于日益更新的风险而言，无法及时解决问题，因此在此次出台《条例》的同时，立法机关高度重视数字经济的安全问题，以期能够提升对数字经济安全的治理能力与风险规避能力。

《条例》第八章为数字经济安全保障章节，第66条规定了县级以上人民政府及有关部门应当履行数字经济安全保障职责，第68条规定了县级以上人民政府网信、公安等部门应当加强对个人信息数据采集和流通各环节的监督管理。第72条明确了省级人民政府要完善网络安全的应急处理机制。面对网络安全事件的发生，相关部门应该如何面对，如何规避风险。建立了数字经济安全预警机制，对各类主体如何应对面临的风险做出了相应的规定，建立了完善的风险预防机制。

二、增加数字经济促进措施，鼓励企业开放数字化应用场景

伴随着数字时代的发展，实体经济与数字经济、线下与线上的关联性日益紧密，实体经济的发展始终与数字经济的助力相关联，②新业态正成为中国经济发展的重要组成部分，新的经济活力正在释放，新的发展动能不断积聚。为进一步集聚河南数字经济核心产业发展优势，抢抓国

---

① [美]安德鲁·V.爱德华：《数字法则——机器人、大数据和算法如何重塑未来》，鲜于静译，机械工业出版社2016年版，第191页。

② 樊慧玲：《数字经济驱动中国制造业质量升级的模式与路径》，《吉林工商学院学报》2020年第2期。

家发展自主创新战略机遇期，河南以"'十四五'数字经济发展规划"为依托，密集出台《河南省电子信息产业转型升级行动计划》《河南省加快推进智能传感器产业发展行动计划》等提升半导体经济发展的系列文件要求，① 从政策、资金、人才等多方面给予充分支持，通过本地培育和产业引进相结合的方式，在硅片生产领域打造良好的产业基础。虽然河南半导体产业拥有庞大内需市场、海量应用场景，但也面临自主产业生态系统存在诸多断点卡点、产业支撑能力与人才培育基础有待完善等现实情况。

数字经济属于新兴领域、拥有高度的可塑造性和创造性。当前河南省新型基础设施建设取得明显成效，但还存在建设速度有待加快、数字经济人才培养力度有待提高等问题。企业利用数字经济，开放应用场景，一方面能够对本省数字经济企业更好地宣传；另一方面能够方便学生等社会群体更加直观地了解数字经济发展状况，夯实数字经济发展的社会基础。为此，《条例》第57条明确，县级以上人民政府应当鼓励企业开放数字化应用场景，鼓励学校开展一系列学习活动让学生体验数字经济新产业。《条例》规定，县级以上政府以及政府的相关部门应当根据本区域内经济发展的实际，促进数字经济产业的创新，重点培育新型产业。鼓励和支持相关主体围绕重点产业加快创新。

三、推进数字政府建设 提升数字化治理能力

随着数字经济的发展与时代的跨越，地方政府在数字治理方面有了更加显著的成果，在组织管理、人员配备、知识创新等领域实现了一定的突破。然而，治理实践的复杂性使得数字治理依然具有诸多难题，例如数据类型未能有效区分、数据保护难以采取差异化保护力度、数据治理难以融

---

① 何粲吟：《河南省数字经济发展策略研究》，《现代工业经济和信息化》2019年第6期。

入政府治理框架、治理权限走向分散等。①

增强数字政府建设是数字中国建设的必要环节，也是完善政府工作布局的主要举措。近年来，河南省委、省政府将数字政府建设摆在工作全局更加重要的位置，不断细化革新政府职能，提升治理效能，以期建设成为人民群众满意的政府，为加快河南数字化产业升级转型和发展提供有力支撑。目前，河南省政府治理转型遇到不少两难的问题。政府借助大数据等数字化技术，可以促进互联网融入政务服务的进程，从而提升决策的科学性，使政府更好地与市场结合。为加强数字政府的建设，《条例》第 52 条规定，县级以上的地方政府以及其工作部门要促进数字化技术的应用和升级，提升效能，充分发挥数字化技术的治理优势。

四、明确各类主体的责任，规定惩戒措施

进入大数据时代，数字经济给我们带来更多方便，安全风险随之不断增多。结合数字经济治理实践，实践中普遍存在超范围收集个人信息、强制授权和过度索权、隐蔽性和危害性强的信息采集风险，进一步压缩了私人领域。在当前的数字治理结构中，相关公共管理部门被赋予了强大的数字权力，但是其数字治理的权利边界和法治底线并不明显。实践中还存在由于数字技术的发展引发的数字信息安全风险。

除了保障性措施和激励性措施以外，河南省在该条例的"法律责任"章节还规定了惩戒措施。《河南省数字经济促进条例》在第九章中规定，相关政府以及其工作人员不履行相应的数字经济发展职责的将依法承担法律责任，这加强了相应主体依法履行职责的立法保障，明确了各类主体应当履行的职责范围。《条例》第七十四条明确在某些情况下，违反相关规定将处以五万元以上十万元以下的罚金。这种惩戒措施为《条例》的实施

---

① 周学峰、李平：《网络平台治理与法律责任》，中国法制出版社 2018 年版，第 36 页。

提供保障。

第四节 《广州市数字经济促进条例》解读

数字智能化的深度流变，产生了数字治理新模式。[①]在数字经济广泛赋能的时代，加强对数字经济的立法，是加快提升广州市经济发展速度的必由之路。《广州市数字经济促进条例》（以下简称《条例》）是广州市人大 2021 年的重点立法项目，于 2022 年 6 月 1 日起实施，这是广州市在数字经济立法进程中迈出的重要一步。加强对数字经济的立法，是提升广州数字经济治理能力的必然要求，也能够为将来广州市的经济发展提供有力保障，此次立法凝聚了立法机关及社会公众的广泛意见，结合广州市的经济发展现状以及广州市利用数字技术促进经济发展的实践，进行全面考察与深入解读，最终出台了此《条例》，此《条例》的推行，为今后广州市数字经济的发展指明了方向，有助于实现经济的快速发展，使得数字经济立法走向正常的轨道。

广州人工智能公共算力中心以普惠 AI 算力服务为定位，已对接 500 多家中小企业，挖掘有算力需求的用户 220 多家，完成技术适配 150 多家，为 40 多家企业持续提供算力服务。足以见得近年来广州市在推动数字经济发展方面取得了巨大的成就，数字经济已经成为拉动广州市经济快速发展的重要渠道，虽然成就巨大，但是同数字经济的未来发展需求相比，广州市数字经济发展仍存在诸多问题急需解决。《条例》指出今后将重点推动智能交通、教育、数字金融、数字商贸等领域的建设，将会不断创新服务内容与服务模式，提升服务质量和服务效率。在此次《条例》的制定过

---

① 马长山：《数字法治的三维面向》，《北大法律评论》2020 年第 2 期。

程中，立法机关针对实践中出现的问题进行考察并有针对性地解决，结合《条例》内容，主要有以下立法亮点。

一、强化数据资源管理，推动数字经济转型升级

为更好强化数据资源的统筹协调，发挥数据资源的引领性作用，推动数字经济产业快速发展，《条例》创设性地在第八章单独规定了"数据资源"，作为全国首部数字经济领域的地方性法规，这一规定具有极其代表性的战略意义。具言之，主要有以下三点可以讨论：第一，创新数据资源管理制度。《条例》第六十三条规定了要建立全方协同的数据治理体制，推动首席数据官制度建设。此外，条例还将数据分类分级作为数据资源管理的重要原则，这是贯彻党中央关于数据资源管理文件会议的重要举措，也是与我国数据保护、个人信息保护的理念一脉相承。[1] 但需要指出的是，数据资源分类一般是出于管理与应用的目的，没有统一的标准，采用何种分类标准应当依照实际应用情况进行适当调整。[2] 第二，完善数据资源共享制度。《条例》第六十三条明文规定了要建立数据资源管理清单，建立无法开放、适度开放以及可以开放的数据责任体系。值得注意的是，《条例》有效衔接了个人信息保护相关规范，关于国家秘密、商业密码、私人隐私的数据资源坚决不能开放。第三，推动数据资源配套制度。《条例》第六十六条规定了要推进数据要素市场化改革，将数据资源全方面地应用到开发、生产、流通、共享中去，探索数据交易、数据经纪人管理、数据资产评估等配套制度体系。该规定有利于促进数据资源流动，推动数据要素市场化改革，全面保障数字经济产业的转型升级。

---

[1] 高富平：《个人信息保护：从个人控制到社会控制》，《法学研究》2018 年第 3 期。

[2] 曾燕：《数据资源与数据资产概论》，中国社会科学出版社 2022 年版，第 112 页。

二、推动城市治理数字化转型，提高现代化治理效能

我国从 2005 年开始，便大力推行网格化城市管理新模式，提升数字技术的参与度，为城市治理的数字化转型赋能升级。多地全面加快建设城市运行管理服务平台，运用智慧科技赋能城市治理，广州市也采用了这种方式。城市治理数字化能够有效提高广州市的城市治理运行速度，现如今，城市治理面临诸多难题，只有不断加快数字化技术转型，才能应对日益变化的社会现状，广州作为经济较为发达的区域，其人口基数也相对较大，城市治理难度较大，数字化治理为广州市的城市治理提供了诸多方便之处，但也带来了挑战，只有应对好出现的这些挑战，才能真正地促进城市的治理现代化。数字化治理能够促进数字科技的发展，可以优化治理流程、使城市治理更便捷。

在发达国家和地区，数字技术已经成为经济增长和社会发展的重要驱动力之一，促进了生产效率和创新能力的提高，同时也为人们的生活和工作带来了便利和改善。然而，在一些经济欠发达的国家和地区，由于财力和技术能力的限制，数字技术的应用和普及受到限制，数字鸿沟问题逐渐显现。在数字化时代，科技的进步使得数据的收集、存储和分析变得更加容易，利用大数据分析可以为企业和政府提供更准确的决策依据，但也带来了个人隐私泄露的风险。[①] 敏感信息可能会被误用或泄露，招致个人隐私权侵害。个人信息若被不当收集和使用，不仅会引发个人人身和财产权损失，也会贬损其人格尊严这就要求城市治理数字化急需转型，要加强对公民隐私信息的保护，让其在数字经济治理中真正享受到红利。

---

① 刘权：《产业数字化：以数字技术加速产业转型增长》，人民邮电出版社 2022 年版，第139 页。

数字化背景下如何对智慧城市进行治理是推进国家治理系统和治理能力现代化的主要议题。①《条例》第九章则对城市治理数字化作出了细致规定，明确了今后广州市利用数字对城市进行治理的方向，对广州市实践中出现的数字治理问题提出解决方案。

三、强调数字经济与绿色经济有机结合，优化数字经济发展环境

2021 年，《关于恢复和扩大消费的措施》出台，其明确要求应当加快数字技术、人工智能技术等先进领域与消费领域的深度融合，打造实体经济持续稳定发展的新高地，推动科技创新，引领时代发展，不断更新消费服务标准。近年来，广州把打造"数产融合的全球标杆城市"作为高质量发展的战略引擎，以广州人工智能与数字经济试验区为牵引，推动人工智能和数字经济不断创新发展，产业规模和质量位于国家第一方阵。广州市绿色技术成就巨大。

数字经济若要在今后实现快速发展，实现高质量发展，一定要实现全方位多个领域并行的配套支持，一方面需要政府的大力支持，政府可以通过专项资金给数字经济的发展提供保障，也可以通过出台一系列的政策来支持数字经济的发展；另一方面需要人才的支撑，数字经济的发展离不开数字人才的培养，要大力健全数字人才培养制度，加快培养数字人才，为数字经济的发展提供保障。为做到以上工作，广州市相关机关在《条例》中规定了数字经济发展环境，《条例》对支持数字经济发展的资金和用地市场化配置、人才引进和培养、知识产权保护等明确了今后的发展方向，并对推动数字经济发展形成合力的问题在实践中不断加以解决。

---

① 温雅婷、余江、洪志生、陈凤：《数字化背景下智慧城市的治理效应及治理过程研究》，《科学学与科学技术管理》2022 年第 6 期。

《条例》第十章要求各级政府及有关部门安排资金支持数字经济发展，建立财政投入增长机制，充分利用国有资产和资源投入本市数字经济建设发展。

四、高度重视发展人工智能

数字经济发展中，广州注重培育新型数字产业，特别是推动基础平台、关键芯片、智能终端等数字产业发展。[1] 近年来，广州数字经济企业注重在类脑智能与脑机接口、语音识别、图像识别、无人驾驶等核心领域支持企业开展关键核心技术攻关。其中，佳都科技人脸辨认比例为99.5%。高云半导体量产首款通过车规认证的国产 FPGA 芯片，加快实现在 5G 通信、无人驾驶、高清图传等领域的国产替代。例如，国家超级计算广州中心发挥国家级科技基础设施的作用，应用能力水平受到世界认可，是我国唯一入选全球最具应用震慑力的超算中央五强的超算中心；广州人工智能公共算力中心以普惠 AI 算力服务为定位，已对接 500多家中小企业，挖掘有算力需求的用户 220 多家，完成技术适配 150多家，为 40 多家企业持续提供算力服务。在地理分布上，广州也推行试验区功能片区"错位互补"。构建数字经济全要素发展体系，围绕数字新基建、数字产业化、产业数字化等维度，广州布局先进算力基础设施。

在《条例》中，"人工智能"这一字眼出现了近二十次。其中第十四条强调了应当推进人工智能在经济、社会和城市治理等领域的应用，足以见得将人工智能渗透到各个领域的重要性。今后在实践中以及立法中，广州市都将会继续加强人工智能的发展速度。

---

[1] ［美］瑞恩·卡洛、［美］迈克尔·弗兰金、［加拿大］伊恩·克：《人工智能与法律的对话》，陈吉栋译，上海人民出版社 2018 年版，第 239 页。

第五节　《河北省数字经济促进条例》解读

河北省作为京津冀协同发展中的重要一员，自 2014 年习近平总书记召开座谈会为推动三省协同发展作出重要指示，2018 年 11 月以来，为了缓解北京人口经济密集带来的城市病问题，国家推动河北省建设雄安新区，努力实现三省的优势互补，互利共赢。在数字经济发展得如火如荼之际，河北省为推动产业升级、数据生产要素流通，也于 2022 年 5 月 27 日公布实施了《河北省数字经济促进条例》。该条例是我国第四部省级地方性法规，对于促进数字经济健康发展，加快数字产业优化升级，凸显河北省数字经济优势，推动社会经济高质量发展具有重要的现实意义。

一、细化公共数据使用，促进各方数据开放

有学者用"权利束"的视角来观察数据权益，认为数据权益是多项权益的集合。[①] 数据按照权利主体来源的不同，可分为公共数据、企业数据和个人数据。因为数据控制、利用的各方主体不同，必然会产生数据权益主体之间的冲突，涉及各自的数据流通开放权限，以及主体之间如何获取对方数据的问题。该条例总结实践经验，对前述问题进行了初步的明确规定。

在该条例的第十七条和十八条，河北省首先明确公共数据的产生来源是国家机关和法律法规授权的提供公共服务的组织，并且要求公共管理服务机构要按照统一的标准收集社会公众的数据信息，不能重复、多头收集，将违反前述规定的行为纳入该条例予以行政处分和承担刑事责任情形当中。在该条例的第十九条，条例明确规定任何组织和个人不得窃取或非

---

① 王利明：《论数据权益：以"权利束"为视角》，《政治与法律》2022 年第 7 期。

法获取数据。可以说，河北省这条规定表明了对一些企业为了获取流量和经济利益，采用"网络爬虫"技术或其他流量劫持技术非法获取其他企业商业数据进行不正当竞争行为的否定态度。在条例的二十条，河北省将公共管理服务机构之间共享数据细化为三种共享类型，同时第二十三条鼓励企业和其他组织向公共管理服务机构开放自有数据，第二十五条明确规定保护组织和个人的数据产品的财产权益。这些规定都是对实践中存在的数据产权不清问题的回应。我国《民法典》第一百二十七条规定了数据、网络虚拟财产的保护按照有关法律规定来保护，同时刑法对数据、网络虚拟财产的保护也存在争议，争议点在于虚拟财产是否为可量化的财产。在本条例中，河北省鼓励各方数据进行开放共享，也明确保护组织和个人的数据产品，实际上是顺应数字经济发展的潮流，主张对组织和个人享有的数据和虚拟财产进行保护。

数字经济的蓬勃发展需要明确数据产权，促进各方数据利益的分配，肯定了组织和个人对合法处理的数据产品享有所有权，无疑会鼓励和促进数字经济的进一步发展。

二、打造数字经济规模效应，提升共享经济发展水平

京津冀协同发展的重要战略，也使河北省承担着容纳北京的更多人口、产业发展的重任，同时也面临其他省数字经济发展的竞争压力，新旧产能转化升级的需求，河北省自身还存在着数字经济产业集群尚未形成、创新资源区域差异大、创新人才储备不足等问题，[①]因此河北省需要针对存在的问题有效地打造规模化和共享程度高的数字经济发展体系。

在条例的第四章和第五章，河北省分别围绕打造产业集群、提高数字

---

① 武义青、李涛：《数字经济引领京津冀产业协同发展——2022京津冀协同发展参事研讨会综述》，《经济与管理》2022年第36期。

经济共享程度和推动新旧动能转化升级进行一系列安排部署。该条例第三十四条指出要推动数字产业园区的建立，形成数字产业集群的规模效应。同时第三十五条和三十六条明确要求政府相关部门要积极搭建创新创业的平台，鼓励平台经济和共享经济的深入发展，不断提高河北省的创新创业能力。第五章的内容就是政府要积极引导传统产业、产业集群龙头企业采用数字技术完成产业的转型升级，提高发展的质量和效益。同时推动数字技术应用到社会生产、生活的方方面面，促进智慧农业、智慧物流、智慧医疗等行业的迭代升级，让民众享受到数字经济发展的成果。在条例的第八章保障和监督部分，河北省要求相关部门依托重大人才工程，吸引数字经济方面的人才，鼓励高校设置数字经济课程，推动校企合作，完善平台经济和共享经济新业态和新模式用工的劳动保障，培育更多数字经济方面的人才。这些条例内容表明了河北省正在努力学习长三角和珠三角地区数字经济发展的优势，加强补足自身的缺陷，完成产业升级和形成数字产业集群的重任。

三、强化协同发展，推动协同合作

为了推动京津冀协同发展，落实河北省在京津冀区域的"三区一基地"的功能定位，全面打造我国数字经济发展的新高地，该条例创造性地在第七章规定了"京津冀数字经济协同发展"一章。这一创造性的举措在全国实为首例，不仅有利于加快京津冀产业集群的快速发展，规范京津冀区域数字基础设施的规范建设，更为长三角区域数字经济、珠三角区域数字经济的蓬勃发展"强心助力"。具体而言，该章主要从以下几个方面对"京津冀数字经济协同发展"进行了介绍。

第一，推动河北与北京、天津等地区基础应用设施、数据技术规范的协同发展。一方面，基础设施是数字经济发展的硬性条件，是促进数据资源快速流通的必需要素，加快基础设施建设更有利于数据、信息等资源的交流共享。数字时代的一个重要特征是平台化,开放的参与式架构使得越来越多的商业从管道结构转向平台结构。① 该条例第五十九条明文规定,河北应与北京、天津共同建设信息基础设施、融合基础设施、创新基础设施。值得注意的是,该条全面贯彻了"协同发展"的理念,基础设施的标准、布局以及应用都应当协同并进,全方位地打造基础设施一体化。另一方面,数据技术规范的统一与兼容更有利于保障数字经济基础设施的协同应用,促进数据资源的统一管理。该条例第六十条明文规定,河北应与北京、天津遵循相同的数据技术规范,在政务服务、监督管理、相关场景的应用建设等方面进行统筹规范。这一规定实则为构建京津冀共同体"谋篇布局",尤其是具体应用场景的协同建设,更有利于推动数据服务的便捷化。例如,各种地方性的个人信息的传输与流通。

第二,推动河北与北京、天津等地区数字经济产业的协同并进。数字社会和智慧发展过程中的新样态、新矛盾、新趋势,需要通过数字正义理念和共建共享机制来平衡、化解和矫正。② 数字经济产业是数字经济做大做强的命脉,唯有提升数字经济产业创新创造的质量和效率,才能紧紧抓住数字经济发展的"牛鼻子"。该条例第六十条明文规定,河北应与北京、天津统筹谋划数字经济产业发展,共同提升产业发展竞争力。值得注意的是,该条规定并非让河北与北京、天津共同发展相同产业,抑或在数字经济创新方面齐头并进,而是让河北发挥固有优势,对接数字经济产业的最新成果,对数字经济产业谋篇布局,打造完整的产业链。换言之,应当根据河北省自身发展实际,发展具有河北特色的数字经济产业,而非直接承接北京、天津高标准、严要求的数字经济产业。数字经济产业的布局既要

---

① [美] 杰奥夫雷·G. 帕克、马歇尔·W. 范·埃尔斯泰恩:《平台革命:改变世界的商业模式》,志鹏译,机械工业出版社 2021 年版,第 7 页。

② [美] 阿莱克斯·彭特兰:《智慧社会——大数据与社会物理学》,汪小凯译,浙江人民出版社 2015 年版,第 185 页。

与河北省功能定位相一致，又要与北京、天津的产业集群相衔接，以此形成具有强大竞争力的数字经济产业链。

第三，加快河北与北京、天津等地区在科技创新、医疗保障、教育文化、生态保护等范围的协同发展。上述几条主要从基础设施、数据技术规范、数字经济产业等宏观角度规定了数字经济发展的必要条件，而该条例第六十二条、第六十三条、第六十四条则从具体领域明确了数字经济协同发展的应有方向。条例第六十二条与第六十条的法理相同，河北省应当结合自身发展实际，在科技创新共同体中应当扮演"承接者"的角色。条例第六十三条、第六十四条更多地强调了以数据为发展资源的数字技术、智能技术在具体领域中的应用，并且该技术的标准、监管等都应当实现协同发展。

四、推动河北雄安新区先行先试

《条例》着重推动河北雄安新区先行先试，发挥其在数字经济发展中的引领性作用。河北雄安新区作为我国新时代发展的又一重要高地，在疏解北京非首都职能、带动河北经济发展、促进区域经济协同发展方面具有重要的战略意义。条例第六十五条规定，应当着重发挥雄安新区在数字产业管理、数据资源流通、管理方式改革等方面的创新性作用。雄安新区是河北省数字经济发展的"排头兵"，通过立法保障更有利于激发雄安新区发展的积极性，推动雄安新区的数字经济转型，继而为全省乃至全国的数字经济发展贡献智慧和力量。

第六节　《石家庄市数字经济促进条例》解读

2023 年 11 月 30 日河北省第十四届人民代表大会常务委员会第六次

会议审查批准了《石家庄市数字经济促进条例》①（以下简称《条例》），自2023 年 12 月 31 日起施行。该条例共八章六十一条，是河北省设区市首部数字经济领域地方法规。

该《条例》具有以下几个特色和亮点。

一、统分结合、差异化发展数字经济

发展数字经济不同于体育竞技，各地区不是同一起跑线的零和博弈，而是基于共同目标的差异化发展。石家庄市根据全市各县区产业优势、资源禀赋等不同，走出一条统分结合、差异化发展道路。首先，《条例》明确了石家庄市人民政府在数字经济发展工作上的主体责任，第五条规定"市人民政府数字经济主管部门负责统筹协调、指导、推进、督促全市数字经济发展工作，并组织实施本条例"。其次，《条例》在第六条规定市人民政府有义务支持和引导各县区结合本地资源优势差异化发展数字经济。最后，在如何差异化发展上，《条例》进一步明确要发挥正定自贸区先行先试政策优势，借助"数博会"平台，建设数字经济创新发展试验区和示范区，以辐射带动石家庄全市数字经济创新发展。

二、超前规划数字基础设施建设

数字经济发展离不开数字基础设施建设，石家庄市通过立法超前规划，整体布局数字基础设施建设。一是《条例》明确了全市数字经济基础设施重点支持和发展方向，《条例》要求各主管部门统筹推进通信网络基础设施、算力基础设施和性激素基础设施等建设工作，全力打造高速泛在、天地一体、集成互联、安全可控的网络服务体系，形成布局合理、存算均衡、绿色低碳、安全可控、协同高效的算力基础设施体系。并强调促

---

① 《石家庄市数字经济促进条例》，《石家庄日报》2023 年 12 月 4 日。

进数字技术与传统基础设施融合，建立健全跨行业基础设施协同推进机制。二是创新数字基础设施建设的融资渠道。《条例》第十二条规定，石家庄数字基础设施建设可以采取政府投资、政企合作、特许经营等多种融资方式，并鼓励各类市场主体和社会资本平等参与数字基础设施投资、建设和运营。

三、明确数字经济核心产业发展重点

石家庄市结合该市数字经济发展实际，明确了数字产业化发展布局，突出布局核心产业发展重点。一是《条例》第十三条明确将通信设备及系统、半导体和集成电路、新型显示、软件和信息服务、卫星导航、大数据等作为数字产业发展重点。二是布局规划数字经济新兴产业与未来产业。《条例》规定，各级政府及其主管部门要培育区块链、云计算、空天信息、卫星互联网、虚拟现实与增强现实等数字经济核心产业。三是强化数字经济核心产业发展的资金与政策支持。《条例》第五十一条至五十三条规定，各级政府主管部门要加大数字经济科技创新资金支持力度，畅通融资渠道，发放科技创新券，健全多元化资金投入和保障机制，以及落实数字经济领域的税收优惠政策等。

四、实施数字化治理的"三个一"治理机制

石家庄市在参考各省市数字化治理措施的基础上，提出了"三个一"数字化治理机制，即：市域治理"一网统管"、政务服务"一网通办"和政府办公"一网协同"。《条例》在第五章明确要求：一是各级政府及主管部门运用数字技术推动治理手段、治理模式、治理理念创新，建设新型智慧城市。二是强化数字技术在突发自然灾害、公共卫生事件、公共安全事件、养老、医疗、生态保护、城乡基层社会治理、乡村治理等领域的应用，消除数字鸿沟，打通数字化治理的"最后一公里"。

五、强化数字资源利用和安全保障

一是在数据资源开发利用方面，《条例》第四十三条明确要求建立全市公共数据共享协调机制，政府各级部门掌握的数据资源要按照标准规范进行大数据平台建设，并使各级政府公共数据平台能够实现互联互通。二是在数据资源开发利用方面，《条例》第四十四条强调建立数据融合开发机制，鼓励各类主体参加数据服务平台建设，以及依法开展公共数据和非公共数据深化融合与开发利用。三是在数字安全保障方面，《条例》第四十五条至四十七条规定，要培育安全可信、包容创新、公平开放、监管有效的数据要素市场，加强数据交易监管，在保障安全与发展数字经济并重的原则下健全网络安全、数据安全保障体系。此外，《条例》还对网络运营者、数据处理者和数据使用者的数据安全保障责任和义务进行了明确，对涉及个人信息数据的收集、保管、使用提出了较为严格的要求。

第　八　章

数字经济发展地方立法实证研究（下）

研究地方数字经济立法可以为江西省数字经济立法提供经验参考，本章主要对《江苏省数字经济促进条例》《深圳经济特区数字经济产业促进条例》《北京市数字经济促进条例》《南昌市数字经济促进条例》《山西省数字经济促进条例》《汕头经济特区数字经济促进条例》进行解读。

第一节　《江苏省数字经济促进条例》解读

2022 年 5 月 31 日，江苏省第十三届人民代表大会常务委员会第三十次会议通过《江苏省数字经济促进条例》，自 2022 年 8 月 1 日起施行。《条例》共九章八十五条，是江苏省首部关于数字经济领域的地方性法规，聚焦于数字产业化和产业数字化两大方面。江苏省数字经济发展走在全国前列，《条例》将进一步助力数字产业化、产业数字化发展。[①]

该《条例》具有以下几处亮点和特色。

一、加快提升产业数字化水平

在产业数字化水平方面。《条例》要求全面推进传统产业数字化转型，

[①] 《江苏省数字经济促进条例》，《新华日报》2022 年 6 月 8 日。

促进数字经济与实体经济深度融合。为了解决实践中存在的转型慢、质量不佳等问题，《条例》将重点集中于传统产业，实现传统产业的数字化，《条例》明确要着力推动制造业、农业、服务业等产业的数字化，加快各领域的数字技术应用。

江苏省作为制造业强省，《条例》对制造业数据化着重进行规定，强调支持数字产业在先进制造业上的深度应用。在制造业方面，《条例》推动企业实施智能化改造，强调硬件供给和软件支撑。在服务业方面，《条例》要求逐步提高生产性服务业，如快递运输、金融服务、节能环保等行业的智能化、网络化、专业化水平；推动发展数字金融，优化移动支付应用；促进跨境电商综合试验区建设，推广新业态、新模式。在农业方面，《条例》提出实现农业生产、加工、销售、物流等各环节数字化，提升各环节数字化水平；支持新型农业各主体对接融合，发展农产品销售服务新业态新模式。

《条例》对产业数字化的规定，推动企业构建数据驱动的生产方式和管理模式，将全面提升运行管理、产业服务、运营决策能力。

二、推动数字产业化创新发展

《条例》工作应紧紧结合江苏省目前的地方现代化经济水平和社会生产力发展水平，结合我国社会实际的数字化发展需求，将全面促进地方产业资源数字化集成应用创新和国家数字经济产业化发展作为基本目标的"两大焦点"战略，采取"双轮驱动"这样创新的具体工作方式，既强调国家要着力加快发展推动地方国家数字发展产业化，又要求重视并全面深入推进全国产业经营数字化。

《条例》规定要持续大力宣传与推动中国经济数字产业积极健康和创新有效地发展。一是明确各级人民政府的职责，要求政府在制订计划时要结合地区实际，考虑实施效果，将全省数字产业作为一个整体进行统筹规划。二是在信息集成电路、新型数字显示、通信网络设备开发以及自动化设备集成制造等若干特色优势领域，要求县级人民政府以及各有关部门共同规划，进行引导扶持和政策资金支持，打造形成具有自主核心竞争力产品的电子信息产业高地。三是文件指出各地应当围绕现代软件产业，积极规划并促进现代软件产业整体发展，与此同时，帮助并鼓励传统软件技术提升加强自主创新并提高持续创新能力，推动新型软件产业技术集群联盟建设，构建统一、安全、透明、有序的开放型现代网络软件产业体系。四是鼓励传统企业走平台化战略发展道路，引导和支持新兴企业进一步做好数据资源信息整合开发共享创新工作，发展网络数字文化产业。五是指出培育建设多层次、递补式成长的数字产业企业梯队。

三、提升政府数字化治理与服务能力

《条例》专设第六章"治理和服务数字化"，增强数字化治理和服务效能，提升人民群众获得感、幸福感、安全感。治理机构体系的数据化建设改革试点要求着力构架综合协同、高效优质、安全精准的政府数字化履职、服务、监管、治理能力体系，政府综合服务水平和能力的提升一定程度上有赖于数字化技术的发展，政府部门要从传统的治理方式逐步转化为善于运用数字化治理的治理思维，以数字化技术解决经济运行、市场监管等方面职能中的痛点和难点问题，为营造良好营商环境、保护美丽生态环境、维护有序社会环境过程中遇到的新挑战和新问题提供能力保障。

同时还要在具体领域建设和改革责任清单制度，主要能够落实到政务服务、社会治理、政务运行三大领域，我市各项重大政务服务机制进一步标准化、规范化、便利化。大力推广与规范应用电子公文及签名、电子印章、电子证照、电子档案系统应用工具；深入推进全国智慧城市集成应用系统和我省各地数字乡村试点项目融合创新发展和共同建设，致力于建设新型智慧社区，加快提升城镇基础公共行业信息化管理服务等系统业务向现代智能乡村社会服务方面的应用工作推进速度。

在公共服务治理方面。《条例》规定内容：一是建设智慧校园，实现教育信息个性化、终身化，推进线上线下教育常态化。二是建设智慧健康，发展互联网医疗，构建互联互通的医疗信息平台。三是建设智慧人社，推进服务数字化转型，实现个人社会保障业务卡多卡合一、一卡双用。四是建设智慧养老，通过智慧养老平台提供养老相关服务。五是坚持传统服务优化与信息服务整合以及服务创新和数字社会服务融合并行发展原则，切实保障创新和发展，完善有关数字服务。

四、加强数据利用和保护

《条例》第七章规定数据的利用和保护，强调数据资源的综合利用和信息安全保障水平的提高。首先，明确公共数据资源有序开发建设利用工作要切实坚持保障安全、促进开发、提高利用率、规范管理、合理适当等原则，公共数据要严格遵循以共享利用为根本原则，不共享使用为例外的信息共享与开放原则。其次，由政府进行统筹公共资源全生命周期管理，建立健全相关机制，落实个人信息监督管理职责，履行个人信息保护义务，释放公共数据的最大效能和价值。最后，《条例》规定要建立公共数据开放范围动态调整机制，引导组织、个人开放自有数据资源，鼓励、支持其开发、利用公共数据资源。

《条例》健全网络数据安全管理保障法律体系制度和行业数据领域安全问题治理机制体系，确定省级重点级保护涉密数据名录，对数据资产进行安全分级与分类安全管理，建立健全网络数据安全保护制度和内部数据的安全技术审查等制度，健全并完善全产业链流程数据信息安全保密管理法律制度，保障互联网各重要行业、领域中的重大数据的安全，依法妥善保护有关组织、个人、企业等其他主体数据发展有关领域的合法权益。推行首席数据官制度，由数据官负责各部门、各地区的数据协同、互通、整合、管理等工作，促进数据与业务的融合，提升数据处理能力。

五、将省发展改革部门确定为省数字经济工作领导小组

明确省发展改革部门综合协调的牵头作用，由发改委负责拟定数字经济发展工作的整体规划，掌控数字经济发展的大体方向，发挥综合协调作用。发改委需要在人大的领导下，配合相关部门，共同做好《条例》的宣贯工作，为各级各部门树立数字经济发展理念，培养各级各部门数字经济思维方式和专业能力。发改委还需要将《条例》内容落实，《条例》规定了数字技术创新、数字产业化、产业数字化及数据保护、利用、保障和监督等内容，发改委进行落地实施，结合江苏省实际数字经济发展情况，切实应用相关政策。

六、强化数字经济发展保障和监督体系

在为加快数字经济产业发展升级提供投融资保障等方面，《条例》中指出省政府鼓励设立我省数字经济产业建设投资促进基金，完善企业投资引导服务支持体系，大力宣传并全力支持全省数字经济产业，为符合省数字经济产业政策标准认定的重点项目企业提供各项优惠政策扶持和更加便捷通畅的服务渠道，助力初创型重点企业的发展，帮助成长型重点企业快速成长；制定行业数字经济标准，鼓励企业、高校、行业协会机构等社会主体积极参与产业数字经济及相关的标准草案制定工作；支持培养各类数字经济人才，制定相应人才培养与建设制度，为高层次人才培养提供条件支撑；积极保障社会数字经济领域和从业人员合法权益。

第二节 《深圳经济特区数字经济产业促进条例》解读

深圳市第七届人民代表大会常务委员会第十一次会议表决通过了《深

圳经济特区数字经济产业促进条例》，《条例》自 2022 年 11 月 1 日起施行。《条例》共九章七十五条，立足深圳产业发展实际状况，结合数字化经济日新月异的发展趋势，致力于发现并补齐深圳特区数字经济产业短板，对数字经济高质量发展起到不可或缺的作用。

该《条例》具有以下几点特征。

一、明确数字经济产业牵头部门职能，协调各机构职责分工

在对体制机制进行创新的同时，该《条例》还结合数字经济产业创新特点和规律，明确数字经济产业的牵头部门，对其他各部门进行分工，加强各个部门之间的交流与合作，运用产业全链条的思维实行扁平化管理。

《条例》第二条明确了要建立健全市、区人民政府领导协调机制，第五条明确"市工业和信息化部门负责推进、协调、督促本市数字经济产业发展。市网信、发展改革、科技创新、公安、财政、人力资源保障、规划和自然资源、市场监管、统计、政务服务数据管理、中小企业服务、通信管理等部门在各自职责范围内履行数字经济产业促进相关职责。市各行业主管部门负责协调推动数字经济产业与本行业的融合发展"。① 全市各区各部门紧密配合，建立部门间协调配合制度，共同推动数字经济产业工作的顺利开展，充分发挥数字经济产业体制机制的优势作用。

二、健全数据要素市场

数据要素的高质量建设是支撑数字经济产业蓬勃发展的关键要素，为了破除数据要素市场培育工作的制度性障碍，促进数据要素自主、有序

---

① 《深圳经济特区数字经济产业促进条例》，2022 年 10 月 24 日，见 http://www.sz.gov.cn/cn/xxgk/zfxxgj/zwdt/content/post_10093808.html。

流动和数据交易健康发展，《条例》提出了系统管理和规范数据要素的标准，包括数据的引入、融合、保护、流动、交易、评估、核算等一系列规范。

一是拓宽数据流通的形式，《条例》提出引导和鼓励企业、社会组织等有关单位和个人开放自有数据资源和提供各类数据服务和数据产品。二是鼓励市场主体推动数据要素资产化发展，以法律方式确定合法获得和处理的数据可以依法交易；推动数据要素资源化发展，释放数据要素市场活力；推动数据要素资本化，创新数据要素价值。该《条例》明确了数据要素的可流通性，构建数据要素交易和管理的理论体系，为数据要素交易提供理论保障。三是市人民政府需要为数据的交易提供平台、制定相关交易规则并完善数据要素市场服务体系，为有序交易提供制度支撑，促进数据要素市场的成长。

数据要素市场体系建设可以归结为数据开源、数据储存、数据融合、数据加工、数据分析、数据应用及数据管理等多项内容，基于对以上体系内容方面的探索创新实践，将会助力数据要素交易快速有效流动，推动数据交易规范、健康、良性发展，营造了有序的数字环境。

此外，《条例》先行探索数据生产要素会计核算制度并建立，具有创新性和示范性，摸清现有数据具体分布情况，确保数据真实可靠，保障数据评估质量，助力深圳经济特区建设数据经济产业改革示范区。

三、建设数字化基础设施，设置基础设施专章

基础设施是行业发展的基石和保障，高新数字技术依赖于高新技术平台的搭建，高新数字技术产业的发展对数字化基础设施提出了更高的要求。政府应当加快建设数字基础设施，转变治理理念，强化体系观念，协同各部门做好相关基础设施规划，使各部门分工明确，环环紧扣。以产业发展需求为落脚点，打造本市数字基础设施建设体系。

该《条例》对深圳市各部门、各产业进行统筹规划，涉及智能制造、科技通信、交通运输、能源管理、数字技术、公共服务等方面的内容，《条例》还在建设规划的基础上明确了这些基础设施的建设部门和建设原则，统筹推动各行业数字技术的研发与应用，深度融合创新基础建设，促进传统工作模式朝智能化、网络化方向发展，加快数字产品和数字服务的应用。比如，推动工业互联网基础设施建设、构建智慧能源生态体系、开放和升级行业工业互联网平台、加快推进数字化改造等。

四、丰富数字化应用场景并鼓励公众参与

《条例》提出为市场主体开放应用场景，规定了使用频次较高的行业的场景的数字化应用及推进主体，具体包括工业互联网、服务业领域、智能城市交通、医疗卫生、旅游文化、体育健身、数字创意、餐饮管理、金融科技、教育教学、跨境电商等领域。平台赋能、产业赋能、科技赋能，实现数字技术呈指数发展；加快不同行业和产业之间的数据融合和渗透，助力各产业打破数据壁垒，实现高质量发展；推动各个领域生产要素流通汇聚和产业化升级，增强数字产品竞争力。

《条例》鼓励全社会组织、企业、公众平等参与城市应用和场景交互设计，对外无偿提供城市各类信息数据产品展示和大数据增值服务，根据需求广泛征集各类应用场景设计，联手共建数字化城市，多方共治数字化城市。

此外，传统产业转型必定要求数字经济深度应用于实体经济中，《条例》继续完善适应各类新型应用和场景需要的社会服务支撑保障创新措施。制造业在我国实体经济中占比高，应以制造业领域的数字化改造发展为重点和难点，同时在服务业、建筑业等各种传统产业方面，把握数字技术转型方向，采取有效措施强化各产业间的全数据贯通，加快数字技术在实体经济中的融合，带动全社会更加平等自主参与数字生活。

五、深化数字经济产业开放合作

在深化改革方面，《条例》鼓励、提倡并推动深圳数字经济产业进行国际与周边地区的合作与交流，践行国际国内两手抓、同步走政策，融入国内、国际大循环。

在国际方面，《条例》指出政府要学习、借鉴国外在数据治理及流通、人才交流培养等方面的经验；企业积极融入全球数字经济产业链；鼓励企业设立国际性产业和标准；提升与国际数据流通相适应的通讯服务能力。《条例》探索对接国际的政策规则体系，致力于将深圳打造成国际数据传输枢纽。

在周边地区方面，《条例》不断探索和推动与大湾区数字经济协同发展，以推动建设大湾区数据共享交换平台和城市数字认证体系互认互通体系为重心，依靠数字经济产业合作时的政府优势，最大限度地推动数据的流动和开发，全面支撑数据生产要素流通汇聚，支撑生产要素流通汇聚，支撑数字产业数字化升级。《条例》重视深圳与具备丰富庞大基础数据资源的粤港澳大湾区的数字经济产业合作，积极为深圳、大湾区乃至全国的数字经济产业发展贡献力量。

六、推动数字经济产业集聚

《条例》要求各部门根据各个领域数字经济产业特点，促进相关领域数字经济产业集群建设，有效配置和充分利用资源。一是希望通过各地政府层面的科学统筹规划布局来积极建设数字经济产业特色园区，给予相关项目的入驻企业一些相关优惠税费优惠。二是各地政府制定具体的相关配套支持政策措施，鼓励已经成为中国数字经济产业生态圈建设领域主导型力量的大中型企业集团以及各个大中小微企业共同加入数字经济产业的建设之中，多元化主体携手共建，多方力量合作共赢，将深圳特区的数字经济产业建设为城市标杆，形成良好的数字经济产业生态环境。三是政府部门与企业、行业协会合作，建立数字化转型服务体系，提高转型效率，降低转型成本。

第三节　《北京市数字经济促进条例》解读

2022 年 11 月 25 日召开北京市第十五届人民代表大会常务委员会第四十五次会议，会议通过了《北京市数字经济促进条例》，自 2023 年 1 月 1 日起施行。该《条例》共九章五十八条，是北京数字经济领域首部地方性法规，是较新的一部地方性法规，更能准确针对首都在数字经济发展过程中遇到的瓶颈提出解决方案，提出了具体的处理措施、设立了诸多行之有效的制度。该《条例》从基础建设到产业发展，从制度构建到保障措施均作出详细规定，对北京地区数字经济的发展具有保驾护航的作用。①

数字经济是促进实现公平分配与质量效率追求更加有效统一提升的新型经济形态，随着国家社会经济形势的进一步快速改革发展，发展中国数字经济产业目前已成为一个国家战略。②《条例》以"五子联动"，推动北京高质量发展，建设科技强国为指导思想，为将北京建设成为全球数字经济标杆城市提供法治保障。条例具有以下创新点。

一、明确数字经济发展在不同制度构建中的原则

构建新经济形态，要贯彻新发展理念，坚持发展原则。《条例》总则明确了数字经济发展应当遵循创新驱动、融合发展、普惠共享、安全有

---

① 《北京市数字经济促进条例》，《北京日报》2022 年 12 月 14 日。
② 钞小静：《以数字经济与实体经济深度融合赋能新形势下经济高质量发展》，《财贸研究》2022 年第 12 期。

序、协同共治的原则，奠定了数字经济发展的基调。而后，规定在数字基础设施建设方面要坚持统筹高效、合理绿色等原则；在建立数字开放共享机制时，坚持以需求为导向、安全高效为目标的原则；在数字经济安全保障方面，坚持风险防范与监管并重、保障各主体合法权益的基本原则。

二、夯实基础设施建设

《条例》以数字技术为基础，对数字基础建设等有关制度进行创新和明确的规定。主要集中在以下几个数字基础设施亮点：第一，提出重点支持建设网络服务体系，北京作为信息网络发展全球领先的城市，是最具有现实条件和能力保障去建设信息网络基础设施管道的。《条例》精准抓住北京的发展优势并利用该优势，促进产业数字化和数字产业化的发展。第二，提高物联网覆盖水平，将着力点放在建设"车路协同基础设施"上，为自动驾驶产业提供发展土壤进行试点，以期将来可以发展至全国。第三，在算力基础建设上发力，提出了"城市空间操作系统"的新概念，先行先试推进数据要素产业发展。第四，将"开放共享"作为关键词，采取政府投资、政企合作等方式鼓励各类主体参与到数字基础的建设中来。

条例要发挥作用，关键是顶层建设即制度建设现实有效。《条例》除了第二章规定的"数字经济设施"外，剩余章节结合北京数字经济的发展水平和潜力，进行了诸多前沿战略的探索，构建了相对完备的制度基础。如基于网络服务体系形成的元网络，有效保障数据的真实性和时效性；建设公共信息开放平台，能够真正实现向社会公众的开放性；探索数据资产定价机制，为数据交易市场注入活力；构建数据知识产权保护体系，开创知识产权和数据保护格局。

三、明确立法目的和发展方向，探索符合发展现况的北京做法

数据发展时代，数字经济发展所需要的基础设施建设和人力、物力、

159

财力保障是重要基石和支柱。北京市是我国首都，是我国的政治中心，也是我国数字经济发展最具活力的区域和最需要着力创新与突破的地区，《条例》设立"智慧城市建设"专章建立新型智慧城市规划体系，相比其他地区相关立法条例融入了更多与北京实际发展特色相适应的规定，推进数字政委"一网通办"、推进城市运行"一网统管"以及推进各级决策"一网慧治"，推进北京城市数据发展转型，以立法形式保障北京智慧建设，助力北京抓住数字经济时代发展新机遇，成为全球前列和全国首位的"数字标杆"。

四、切实有效保障数据安全

安全是发展的首要前提，《条例》第七章为"数字经济安全"，贯彻了关于个人信息保护和网络信息安全的理念，进一步规范数字经济领域的信息安全，为数字经济运行和发展筑牢安全保障壁垒。

第一，数据采取分级分类保护措施，根据数据信息的性质，遭受破坏产生的后果严重程度以及数据重要程度，对数据进行划分，采取不同的保护措施。同时确定数据安全第一负责人为各单位主要负责人。

第二，进行风险研判，降低数字设施受损概率，减少数字信息相关犯罪活动。近些年来，在传统产业逐步向数字经济转型和融合过程中，滋生出不少新型数字经济犯罪，《条例》针对该问题，要求对信息基础设施建立风险联防联控机制，对数字经济安全风险进行预估和研判，尽可能地从源头上降低数字经济发展的安全隐患，切断数字信息相关犯罪途径，确保关键信息基础设施处于一个安全系数高、运行稳定、风险防控能力强的状态。

第三，《条例》中增加风险监控与风险预警机制，采取针对性措施加强对计算机信息网络系统安全保障的监测、防御、处置。对事前防范、事中控制和事后治理工作进行规定，严防安全风险和漏洞。

第四，新增平台管理制度规则，各大网络平台掌握着大量商家和消费者信息，能够运用各类先进的技术对信息进行分析，极易侵犯企业和消费者造成区别对待，侵犯其合法权益。《条例》新增平台管理制度，要求有关部门建立健全治理规则和监管体系，切实保障各类主体的权益。

五、促进数据开发共享，发挥数据最大效能

《条例》对社会公共在生产生活上为数据共享的迫切需求提供切实可行的解决方案。首先，促进数据流通需要汇集各类数据，《条例》设计了"公共数据目录"并会同有关部门制定目录编制的管理办法和探索新型数据目录的管理方式。其次，凭借数据目录建立公共数据共享机制，建设数据共享操作和交易平台，对公共数据进行统一管理，对非公共数据的汇聚进一步推动。通过建设共享机制，实现向社会公众开放数据的效果，促进数据融合创新，最大限度发挥数据效能。通过合法正当手段收集处理的基础数据、创造形成的新的信息数据产品内容和基础数据增值服务中的利益相关当事人，单位机构和其他个人应当享受与利益相关当事人同等的法律保护。《条例》除了鼓励单位、个人等主体开放自有数据之外，还明确规定各大主题班会可以依托数据交易平台依法开展数据交易活动，鼓励市场主体进入交易市场，调动数据交易市场活力，发挥数据最大价值。

数据的共享是数据的开发、利用、创新、增值的基础和关键，在保障数据合法、安全的前提下，为社会公众提供共享服务，跨过"信息孤岛"障碍，对"数据孤岛"突出问题作出回应，更大限度发挥数据作用，构筑北京建设数字经济新优势。

六、促进数字经济核心产业发展

该部分内容规定在《条例》第四章，《条例》指出细化数字经济在核心行业和核心产业上的应用，重点集中在高端芯片、人工智能、大数据等

数字经济核心产业。鼓励数字经济业态创新，核心是加快引进培育科技新业态新模式，支持数据安全应用产业建设和云平台经济创新发展建设，引导鼓励新兴数字经济业态融合创新，支持远程办公产品及服务、自动驾驶全场景运营、互联网医院发展、依赖于数据支撑的生产产业等领域的数字经济环境构建，保障上述行业发展欣欣向荣。

《条例》推动建设数字产业园区，培育数字产业集群，积极回应行业融合升级中产生的新问题，也是对建设自由贸易区的响应。

七、强化数据保障体系

《条例》从安全和保障两个方面着手，保障数据基础设施充分利用。强化数据保障体系重点是要促进逐步建立规范或较为健全的国家数字化生产安全生产质量监督保障技术监管法律体系、技术监管平台机制和良好的数字产业生态。支持数字化产业互联网平台整合数据资源，提供一系列智能化科技创新集成服务，如在线远程安全指挥及协作、在线数字勘察规划设计、线上实时互动数字营销推广传播应用等服务。强化数据保障体系，强调加快建设数字社会服务无障碍化体系、民众数字素养知识教育体系、互联网使用及技能素质提升体系。

第四节　《南昌市数字经济促进条例》解读

2022年11月25日，南昌市第十六届人民代表大会常务委员会第十次会议通过《南昌市数字经济促进条例》，自2023年1月1日起施行。该《条例》共八章六十九条，是南昌数字经济领域首部地方性法规。[1]

---

[1] 《南昌市数字经济促进条例》，《南昌日报》2022年12月30日。

近几年，南昌主办全市数字经济发展大会，策划世界 VR 产业大会，推动一百余个数字经济项目，出台数字经济发展行动规划和信息产业发展实施意见等与数字经济相关方面的文件，成为全省最具数字经济活力的市级地区，展现了南昌在数字经济发展上取得的成绩。但在实践中不难看出，相比于周边省会城市甚至是一些市级地区，南昌在数字经济发展方面仍存在较大差距和较多的问题，《南昌市数字经济促进条例》的出台，将规范数字经济发展，为数字经济发展提供基础设施和发展环境支撑，加快形成良好的产业发展格局，尽可能补足实践中发现的弊端。

为充分把握机遇，跟上时代发展潮流，帮助南昌带动整个江西数字经济转型升级，《条例》结合南昌地区实际情况，市委通过各种途径向社会各界广泛征求意见，征求各区人大常委会意见，多次组织实地调研寻求各部门、各团体、机构的意见。《条例》对以下问题进行规定。

一、加强信息基础设施建设，发挥政策引导性作用

《条例》将历来实践中的做法上升为法律层面，以法律形式强化顶层设计，明确基础设施建设内容，促进地区数字经济高质量发展。数字基础设施是建设部关于我国经济社会事业和发展信息领域建设的政策信息代码，是"大动脉"。

第一，条例草案明确和要求每个设区的市政府均须继续按照"全市各区统筹推进优化基础设施布局、集约有序发展信息共享、适度超前调整建设、保障信息技术安全开放共享"的工作原则，积极创造条件，对全市各区域数字基础设施体系布局逐步调整，进行改革优化和完善。编制数字化城市体系和数字开发区总体实施环境规划，应当重点考虑城市数字基础设施及其信息化规划建设发展中存在的问题具体需要，尤其是市政、交通、电力信息等重大公共基础设施项目和重大专项基础设施整治工程。

第二，市州两级城市人民政府信息化和科技工业商务发展和管理科技信息化、住房资源改革和城乡规划及城乡建设、城市管理、行政事业管理、行政服务行政等管理行政部门依法应当继续加快并推动其公用基础通信设备及公共网络设施的逐步发展，共建共享与公共服务基础配套设施和资源。应当采取措施大力支持完善中国城市新一代互联网国际与移动国内宽带综合通信与主干网络系统规划建设、优化完善城市内光纤宽带网络布局，发展国内无线物电通联网、卫星宽带国际互联网，推进国家电子政务南昌试点工程以及国家级宽带无线互联网骨干直联点系统等建设、安装、调试、维护和运行。

第三，市人民代表大会常务委员会和县市人民政府科技及科技发展政策及综合改革、科技信息化推进等领域各级行政综合管理部门，坚持多主体协同原则，紧跟牵头部门步伐，会同主管部门共同建设数字技术基础设施，协同构建企业创新关键技术和提高通用技术的能力支撑体系，帮助中小企业在共性中把握发展机会。总体来说，信息基础设施的建设坚持明确范围、规划先行、协同推进的建设原则。

二、加大政府支持和资本投入力度

产业和行业的发展离不开政策支持和资金帮助。在政策上，南昌市政府提出建设信息基础设施，《条例》针对南昌数字经济发展的薄弱环节，参照学习省外优秀经验，提出建设一系列的基础设施，包括加强物联网、车联网等融合基础设施建设，通用技术能力支撑体系建设，通信网络信息建设等，数字基建不断完善并取得良好成效。

在资金上，加大政府财政投入和社会资本投入，政府可以建立数字经济发展基金，保证政府每年投入科研的资金呈增长水平且处于全省前列状态，支持企业在数字经济方面的优先发展，发掘可突破领域进而吸引外来企业投资，引进数字经济龙头企业来我市扎根。

三、总则明确数字经济遵循政府引导，各部门协调配合工作机制

在促进数字经济发展，加快数字技术与实体经济融合发展，提升数字化治理水平的基础上，《条例》总则部分明确了各方主体的分工和职责。不同于工业经济、农业经济和实体经济，数字经济是以数据资源为主要内容，以网络为载体的新型经济形态。《条例》及时总结数字经济发展过程中的经验与不足，根据本市具体情况适度调整优化分工管理体系，系统梳理数字经济管理层面的职责清单，改革创新部门联动、齐抓并管的管理新格局。

《条例》规定人民政府加强对数字经济发展工作的规划和领导，市发展改革部门组织实施本条例，市人民代表大会常务委员会对本市的数字经济发展报告进行监督，市政务服务数据主管部门推定数字共享交易平台的建设、管理、维护和升级。《条例》建立工作协调机制处理重点难点问题，详细规定涉及数字经济相关政府部门的职责配置，确保在财政、税务、住房、网信、人力资源等部门各司其职。同时鼓励创办数字经济行业协会自治组织，成立如产业联盟、商会等形式的交流分享平台，发挥行业治理和产业规划作用，为企业发展增能增效。

四、加快产业数字化

《条例》规定市政府鼓励和支持多产业数字化发展，实现工业数字化、建筑业数字化、农业数字化和服务业数字化，确保各行业和产业数字化转型路径、改造方式和发展举措，并且精准定位部门职责，如在工业方面，由市政府工业和信息化等部门负责推动优势制造业和工业领域数字化改造，引导企业运用工业互联网平台；在文化旅游业方面，由市人民政府文化旅游主管部门支持数字技术在文化场馆、旅游景区、旅游产品和服务方

面的应用，促进旅游业线上线下齐头并进。

五、利用本土特色资源，实现数字化转化和开发

首先，南昌具有文化资源优势。分析南昌的地理位置，南昌处于长江中游地区，相较于其他城市而言，城市发展动力不足，数字经济发展受限，因此应当善用自身优势，利用本土文化资源，深度挖掘中华传统文化，打造具有城市特殊的标签，拓宽数字产业的广度和深度。如在滕王阁景区中运用数字虚拟导游、八一广场推出红色旅游直播活动，实现文化旅游的业态发展和升级。

其次，南昌近几年在 VR 产业上有所成就，成功举办世界 VR 产业大会、世界 VR 产业博览会，签约诸多创新平台和创新项目，创建"一城两园"产业承载体系。应在现有基础上，继续进行 VR 产业的建设和推广，打造出品牌优势，汇集技术、人才、项目等优质资源，推动各类数字产品创新。

六、引育培育人才，汇集数字经济创新力量

只有加大对数字技术人才的培养力度和人才队伍建设，方能推动数字经济的发展，促进数字经济创新，重视人才资源、做好人才建设工作是南昌实现数字经济高质量发展的重要抓手。

首先，南昌市委、市政府及有关人才管理部门应当联合制定人才引入、人才安置和人才补贴政策，不仅仅做到引入人才，还要做到留住人才。其次，南昌数字经济产业相关企业需要明确自身需求，确定发展目标，与政府部门协作，共同为企业引入人才、培养人才。再次，政府、数字经济行业组织、高校需加大对数字经济人才培养，采取有效措施提升从业人员专业素质和专业水平，比如组建数字经济专家委员会，聘请知名专家授课，为企业提供咨询服务等，为数字经济发展提供智力保障。

在引育人才方面，政府应当出台相关政策，加大对数字经济人才的吸

引、支持和培养力度，为技术人才提供税收优惠、住房保障、人才引进津贴、研发经费扶持、专项资金支持等帮助，让有关工作人员无后顾之忧，充沛人才资源数量，激发人才资源工作热情，组建数字经济创新团队，助力南昌市数字经济发展。

在培养人才方面，通过校企合作、政企合作、企业内训等方式培养人才对数字技术的认识，强化人才的数字专业素养，提高人才自身能力与工作岗位的适配度，最大限度发挥人才资源的宝贵价值。

七、健全数字化治理体系

优化数字化治理体系，为百姓提供更高质量的服务，打造"数字政府"样板。依托于新型数字服务，南昌推出"赣服通"网上办事大厅，为百姓提供交通、教育、医疗、保险、养老、出行、家政等领域普惠便捷的公共服务，真正实现数字技术与社会管理相融合、城市运行与公共服务相衔接的局面。同时，南昌在监测预警方面下工夫，具体体现在智慧消防、智能门禁、智慧公安等技术应用等方面，有效提高危险防控能力，体现智能化的数字化治理能力。

《条例》建设数字政府，提高治理现代化能力，实现优政、惠民、兴业、安全的治理目标。数字化治理范围全方面覆盖，涉及智慧城市、数字社区、数字乡村建设；数字化治理多领域协同，包括智慧工业园区服务、数字赋能教育、智慧养老、一体化政务服务体系、适老性保障。

第五节 《山西省数字经济促进条例》解读

2022年12月9日，山西省第十三届人民代表大会常务委员会第三十八次会议通过《山西省数字经济促进条例》，自2023年1月1日起施行。该

《条例》共八章六十四条，是山西省数字经济领域首部地方性法规。该条例的出台对山西省地区内数字经济的发展具有规范性的指引作用，使得山西省的数字经济发展更加有法可依。[①]

随着现代社会经济科学技术的全面快速向前发展，重点扶持发展新兴数字经济技术已然逐步成为当今国家发展的重点战略及发展优先目标之一。数字经济事业的健康发展必将成为中国新一个时期经济实力转型发展升级必备的一个重要保障力量，也是推动新时代科技管理革新重要的国家战略重要决策。

《条例》第二条对数字经济作出了明确的定义，即以数据资源为元素，依托现代经济网络媒介，结合现代信息通讯技术，推动传统经济和新型经济的数字化转型发展，从而形成符合时代发展的新型化经济形态。不仅如此，纵观条例全文，条例对于有关负责行政单位及其职责分工、发展数字经济的相关配套设施建设、如何将数字实现产业化发展、如何将产业实现数字化发展、全省的政治经济文化教育等治理如何实现数字化、如何切实有效地保护和利用数字资源以及相关保障措施均作出了明确规定。《条例》突出了以下几个重点。

一、重视传统领域与数字技术的融合发展，发展新能源领域的数字技术应用

山西省以煤矿资源种类繁多，分布广泛，储量丰富，质量优良闻名全国，山西省加快数字强省建设中心一环就是加快煤炭产业与数字技术的融合，将数字技术作为载体，建设智慧煤炭，《条例》第二十八条突出本省特色和优势领域，规定围绕煤炭、焦化、煤化工等传统优势产业，推广数字技术融合发展。

---

① 《山西省数字经济促进条例》，《山西日报》2022 年 12 月 13 日。

《条例》明确既要发展传统优势企业的数字技术，也要推动重点工业行业和新能源领域的数字技术融合应用，围绕原材料、新材料、化工等工业重点行业推动工业互联网建设，围绕光伏、太阳能、核电等新能源领域驱动能源领域转型。

二、总则明确数字经济遵循政府领导，各部门协调配合

一部规范性文件的出台需要明确有关单位的领导和工作负责主体，从而更好地将文件落到实处。山西省人民政府高度重视山西省地区数字经济的发展，先后出台了针对地方数字经济发展的有关文件。条例总则部分，对各方主体的分工和职责作出了明确具体的规定。

具体分工如下：（1）山西省人民政府对全省数字经济的发展进行统一领导、统一部署、统一组织推进，积极推动我国数字经济标准体系规范化建设；县级以上人民政府在经济和社会发展规划中将数字经济融入其中，着力重点解决数字经济在发展中遇到的重点问题，从而推动数字经济高质量发展。（2）数字经济的发展的具体工作、协调和推进，以及数字经济发展战略、决策由省人民政府数字经济主管部门负责。（3）数字经济基础设施建设规划，数字经济重大项目任务由省人民政府发展改革部门具体负责。（4）其他部门如省人民政府工业和信息化部、科技部、信息管理部、通信管理部等部门在职权范围内就数字经济发展作出具体工作部署。

三、强化数据经济安全，保障数字经济发展平稳运行

条例在以下几个方面对数字经济发展提供保障措施：

第一，省人民政府已将支持数字经济发展列入省年度绩效工作考核的内容，优化配置考核测评指标，完善绩效统计评估体系框架；设立推动数字经济的全面深入发展等专项县级财政资金，重点专项支持我省数字基础设施、关键产品核心产品技术攻关、科技协同创新体系平台载体建设、典

型企业示范工程应用、重大示范项目体系建设、产业化创新发展、企业创新能力培育升级和领军人才项目培育或引进发展等；鼓励组织、引导境内外社会资本共同参与山西省数字经济发展规划；要鼓励扶持和支持引导各金融机构通过在审贷、政策性和融资型担保机构以及其他公共金融支持服务模式等多种方面对数字经济发展活动给予政策支持引导；积极鼓励培育、引导相关保险机构通过开发一系列适应当前数字信息经济发展实际特点适用的多种新型信贷保险产品，为所有符合我国政策需要的重大数字经济企业项目和政府项目贷款企业提供质量保证信用保险计划和履约信用保险；鼓励指导和帮助支持中小数字经济领域创新型成长企业加快通过直接股权质押投资、股票债券上市发行配售等新方法直接融资，改善社会融资环境结构效率；继续鼓励推动和积极支持普通高等院校、职业学校科研机构等机构开设中小企业数字经济的相关公共课堂，设立小企业数字经济人才培训基地，深化促进校企合作。

第二，县级以上人民政府结合地方实际，制定有关扶持配套政策，加强数字经济领域专家人才培养引进扶持工作，为其在本地住房、落户、医疗、就业、子女入学教育等多个方面成长提供人才支持政策；完善政策措施，包括土地要素供给、电力供应、能耗指标、设施的保护修复等诸方面着力保障数字经济发展。

第三，鼓励各类企业、高等院校、科研机构、行业协会组成数字经济综合研发成果共享创新平台的服务联合体，整合运用现有产学研平台资源，为本区域数字经济事业全面发展和共同进步提供服务。涵盖产业成果研发、合作、推广、培训以及交流应用等多种平台综合服务等内容；支持或鼓励各类行业协会、商会或组织，通过依法合规有序发展加强对互联网行业规范管理自律，为数字经济领域市场主体自由平等交流提供一个在经济信息的决策与咨询、宣传及教育及培训、市场中介服务功能拓展、权益保护交易信用保护、纠纷案件应急调查处理与保障措施等多个服务方面的网络综合交易服务；支持省级政府通过举办专业数字经济领域展览、赛事、论坛年会活动，搭建数字经济技术项目展示、交易、交流合作洽谈会展等平台，宣传并推荐数字经济产业相关先进技术企业、产品、服务，推动构建供需对接渠道。

四、推进数字化转型，赋能千行百业

数据作为关键的生产要素，如何实现产业数字化和数字产业化是进行新一轮产业变革和打造数据技术创新发展高地的关键攻破点。山西省应当拓展数据应用新场景，促进数字经济转型，优化产业结构，推进数实深度融合。

数字赋能的具体做法包括降低成本、缩短周期和增强体验，可从以下几点推进数实融合，实现产业赋能：第一，提供高效可行的 5G 解决方案，构建 5G+ 工业互联网，创建新型信息服务体系，探索不同产业的实践经验，助力千行百业数字化转型。第二，强化各企业产业数字转型的思维意识，增强企业思想自觉和行动自觉，制定产业数字转型目标和战略，加强公司治理水平，提升企业数字经济发展水平，激发产业数字化转型新动力。第三，提升数据要素驱动能力。数据要素存在于各行各业及各个生产环节，其作用不容小觑，要培养数据要素共享理念，善用其他行业或者企业的数据资源，充分发挥数据价值。政府应推动公共服务平台和数据共享平台建设，避免形成"数据孤岛"，加快构建产业集聚、项目汇合，全行业的数据资源可融会贯通，携手各行业数字力量实现数据再利用、再创新、再升级。

第六节 《汕头经济特区数字经济促进条例》解读

2023 年 8 月 14 日经汕头市第十五届人民代表大会常务委员会第十六

次会议通过《汕头经济特区数字经济促进条例》（以下简称《条例》），自2023年10月1日起施行。该条例共六章四十二条，是我国经济特区第二部数字经济领域的地方法规，该条例的出台对汕头经济特区探索数字资源确权规则，推动数据交易市场建设，夯实数字经济法治根基[1]提供了强有力的制度保障。

近年来，汕头市数字经济发展成绩斐然，是首批"全国电信普遍服务试点城市"，是中国数字经济创新发展大会永久会址城市，是华侨试验区数字科技产业基地。为更好地促进数字经济健康快速发展，打造数字经济特区。《条例》结合汕头经济特区实际，在数字基础设施、数据要素、数字产业化和产业数字化、数字化治理保障等方面进行了地方立法探索，提出了符合汕头实际的切实可行的地方法律制度措施，《条例》在立法上具有强化政府主导、坚持问题导向、彰显独特优势和适度超前立法[2]的特点，其主要制度创新解读如下。

一、强化数字经济促进工作的政府职责

为促进数字经济发展，《条例》强化了数字经济促进工作的政府职责，为各级政府及相关部门创设必要的义务，强调发挥政府在促进数字经济发展中的主导作用。《条例》第二条规定市、区（县）人民政府应当加强对数字经济促进工作的领导；第五条规定各级数字经济主管部门负有数字经济促进工作的统筹规划、指导协调和监督管理职责，发展改革、科技、公安、财政、人力资源保障、自然资源、市场监管、政务服务数据管理、统计等部门按照职责分工负责数字经济发展促进相关工作。此外，《条例》

---

[1] 林彦恂：《打造"数字中国" 建设"汕头样板"》，《汕头日报》2023年9月3日。

[2] 汕头人大：《激发经济增长新动能 构筑特区竞争新优势——市人大法制委负责人就〈汕头经济特区数字经济促进条例〉答记者问》，2023年8月16日，见 https://rd.shantou.gov.cn/rd/flfgjd/202308/0a2597e525c84229ba993ec6b67452b2.shtml

还在数字基础设施、数据要素市场、数字产业化与产业数字化、数字化治理保障等方面都强调了政府及相关部门的职责和作用。

二、重视数字基础设施建设布局

《条例》要求各级政府按照集约共享、智能高效、绿色低碳、适度超前、安全可控的原则推进数字基础设施建设。数字基础设施建设涵盖通信网络基础设施、存储与算力基础设施、新技术基础设施、新型城市基础设施、传统基础设施的智慧化升级改造以及乡村网络基础设施等的建设。《条例》强调数字基础设施建设布局要纳入国土空间规划，各级政府与相关部门要建立健全跨行业基础设施协同推进机制。《条例》还明确工程项目的新建、改扩建，应当落实是数字基础设施与主体工程建设"三同时"制度。此外，《条例》对海底光（电）缆等关键信息基础设施建设和保护进行了特别规定。

三、数据要素治理模式有新突破

（一）创新数据确权授权规则

《条例》在第十三条至十五条对数据权属及其交易、使用进行了创新性制度立法：一是建立数据分类分级确权授权使用规则。对于不涉及个人信息和公共利益的数据，市场主体依法持有、使用和收益；对于涉及个人信息的数据，市场主体应按照授权范围依法采集、持有和使用。二是探索建立数字资源持有权、使用权、经营权等三权分置的产权运行机制。《条例》尊重和保障市场主体通过创造性劳动形成的数据产品和服务的权利，切实维护多元利益主体的合法数据权益。

（二）强调构建全方位数据要素治理体系

《条例》在第二章中强调要推动数据交易市场建设、数据要素市场建设、数据要素市场服务体系建设、数据资源管理制度体系建设和数据要素

173

市场社会信用体系建设。在数据交易市场建设方面，该条例要求探索数据资源确权、流通、交易、应用开发规则和流程，健全数据交易治理规则，引进与培育数据商，推动数据、数据产品和服务进场交易。在数据要素市场建设方面，各级政府及其部门要采取多种措施（如：政策支持、资金投入、人才服务等）鼓励、引导市场主体参与其中。在数据要素市场服务体系建设方面，要通过财政扶持、政府采购等方式培育发展适应数字经济发展的专业性中介服务机构，为数据流通交易提供专业服务。在数据资源管理制度体系建设方面，强调探索公共数据运营规则和风险控制机制，明确公共数据资源分类分级管理规则，有序推进开放共享和合理利用，促进各类数据深度融合。在数据要素市场社会信用体系建设方面，强调建立交易异常行为发现与风险预警机制。此外，《条例》还鼓励企业设立首席数据官，建立数据驱动的新型管理体系，推动完善企业数据合规管理。

四、数字产业化和产业数字化齐头并进

数字经济发展离不开数字产业化和产业数字化的双轮驱动。《条例》要求各级政府及其部门结合数字经济核心产业链、供应链补链强链需求，制定推动数字产业高质量发展的政策措施。在数字产业化方面：一是细化数字经济重点产业、新兴产业和未来产业发展方向；二是强化在数字经济发展重点领域开展关键核心和共性数字技术攻关与突破的协同创新，以及授权政府在涉及国家利益和社会公共利益的数字经济领域重大攻关项目的行政指令攻关；三是建设数字产业向园区，运用多种优惠措施引导数字产业企业集聚；四是推动数字贸易创新发展，放宽数字经济新业态准入，支持发展跨境贸易、跨境物流和跨境支付，促进数字证书和电子签名国际互认，构建国际互联网数据专用通道、国际化数据信息专用通道和基于区块链等先进技术的应用支撑平台，推动数字贸易交付、结算便利化。在产业数字化方面，《条例》对传统产业数字化转型发展提出了要求。一是加强

对传统制造业及工业企业数字化升级改造的引导；二是推进农业农村大数据平台建设，发展智慧农业；三是推动流通领域数字应用场景建设，推动数字技术与各行业的融合发展。

五、建立数字产业发展容错机制

《条例》相较于其他地方立法，特别建立了数字产业发展容错机制，并革新了对数字经济领域监管的模式。该条例第三十九条规定，各级政府及其部门应当按照鼓励创新的原则，对数字经济领域新技术、新业态、新模式实行包容审慎监管。并进一步在该条第二款设定了执法"观察期"制度，根据该制度规定，凡是符合政策导向、有发展前景的新业态新模式企业，可给予合理的执法"观察期"。在观察期内，政府执法采取柔性执法方式，这种柔性执法方式包括教育提醒、劝导示范、警示告诫、行政提示、行政指导、行政约谈等。此外，《条例》还规定了特殊阶段的容错试错机制，为数字经济发展创造宽松的外部发展空间和制度环境。该条例第三十九条第三款规定"对处于研发阶段、缺乏成熟标准或者暂不完全适应既有监管体系的新兴数字技术和产业，应当预留一定包容试错空间，不得简单予以禁止或者不予监管"。此外，《条例》还营造了一种开放包容的数字经济发展法治环境，鼓励、支持和引导各类市场主体和个人参与数字经济发展活动，并实施表彰和奖励制度。

第 九 章

《江西省数字经济促进条例》论证报告

随着时代的进步，数字经济正在以惊人的速度、极快的节奏、空前的影响力，成为驱动全球经济发展的新动能。把握这次科学革命的脉搏，把握产业结构调整的脉搏，是我国由经济大国迈向经济强国的战略选择，对传统产业升级和经济转型具有关键作用，对提高经济发展质量和效益，推动产业转型升级具有重要意义。在前文八章研究成果的基础上，本章笔者将以江西省为样本，重点对《江西省数字经济促进条例》（专家意见稿）需要明确的系列核心问题进行论证，并完成相关的立法调研和论证报告及立法的专家意见稿。

第一节 制定《江西省数字经济促进条例》的必要性与可行性

一、《江西省数字经济促进条例》调研成果

为了制定一部结构清晰、条文细致、内容广泛、新颖务实的《江西省数字经济促进条例》，在前文对浙江省等十省市促进数字经济发展地方立法实证研究的基础上，我们组织了立法调研组在南昌、抚州、赣州等地进行了现场调研，调研采用座谈讨论、问卷调查、查阅文献、个案分析等方

式，倾听基层声音，收集民意，听取建议，并开展了政策宣讲和问题解答。调研过程中，各市区高度重视，提供了市区相关资料，进行了充分的宣传动员，各政府部门代表、政协代表、企业代表提出了一些具有现实性、有效性的意见建议，调研成果显著。结论如下：

（一）江西省数字经济发展势头迅猛，成效显著，未来数字经济会成为江西省主要发展方向

2022 年江西省全省数字经济核心产业实现增加值 2678.7 亿元、增长 16.8%，占 GDP 比重达 8.4%；网上零售额增速位居全国第 1 位，县域农业农村信息化发展总体水平居全国第 6 位。当前，江西省数字经济已成为经济持续恢复的关键力量，2022 年一季度网上零售额同比增长 13.9%，比全国平均水平高 5.3 个百分点。① 具体而言，在数字产业发展方面，江西省积极引导和支持信息技术企业的发展壮大，在电子商务、互联网金融、物联网等领域取得了显著进展。例如，南昌市成为国家级电子商务示范城市，吉安市打造数字贸易创新中心等。在数字农业领域，江西省推动农业现代化和信息技术的融合，推广应用农业物联网、农产品追溯系统等技术，提升了农业生产效率和产品质量。例如，采用智能化技术，提高了稻谷、茶叶等农产品的品质和市场竞争力。在数字文化创意产业领域，江西省注重文化创意产业与数字技术的融合，推动了数字内容创作、数字文化产品开发和数字艺术表现等方面的发展。例如，举办了一系列的数字文化创意展览和活动，提升了江西省在文化创意领域的影响力和竞争力。在数字政府建设方面，江西省致力于推进政务信息化建设，提升了政府服务效率和便利度。例如，推行电子政务、智慧城市建设等方面的工作，提供了更加便捷高效的政务服务。

---

① 佚名：《关于我省数字经济做优做强"一号发展工程"和营商环境优化升级"一号改革工程"推进情况报告》，2023 年 8 月 18 日，见 https://jxrd.jxnews.com.cn/system/2023/05/29/020086327.shtml。

（二）把数字经济做优做强是江西省"一号发展工程"和"第一动能"

在数字经济发展欣欣向荣的背后，江西省作为内陆省份，想要进一步发展仍然面临一些挑战。挑战主要在于：首先，数字基础设施不匹配。江西省在数字基础设施建设方面仍存在一定的滞后，包括互联网接入速度和覆盖范围不足、网络速度和稳定性可能有待提升、数据中心建设不足等。这些问题限制了数字经济的发展和创新应用。其次，技术创新能力相对不足。江西省正努力推动数字经济的发展，但是由于缺乏有效的技术投入，缺乏有效的创新能力，与部分发达地区相比存在差距。这可能导致在数字经济领域的核心技术和创新成果相对较少，难以形成核心竞争力。再次，人才引进和留用难度大。江西省在人才吸引和留存方面可能面临一定的挑战。相比于一线城市或其他发达地区，江西省的发展相对滞后，可能难以吸引到足够数量和高水平的人才。同时，本地培养和留存优秀人才的机制和政策也需要进一步完善。从次，企业数字化转型进展较慢。一方面，部分企业可能缺乏对数字经济的认知和理解，未能充分认识到数字化转型对企业发展的重要性；另一方面，部分企业可能缺乏数字化转型的相关资源和能力，在数字化技术应用和商业模式创新方面存在困难和阻碍。这限制了企业的竞争力和数字经济的发展潜力，阻碍了其数字经济发展的步伐。最后，区域发展不平衡。江西省数字经济发展在区域上存在不平衡现象，部分地区数字经济发展较为强劲，而一些贫困地区数字经济发展相对滞后。这需要加强区域协调发展，促进数字经济的全面发展。除此之外，还存在如数字要素流通不畅、产业结构调整压力大、数字化转型融合不够深等问题。

因此，将制定《江西省数字经济促进条例》列为省人大常委会和省政府立法计划一类项目是适逢其会的，是回应市场关切、民众期盼的重要一步，可以为数字经济提供政策支持和有力的法律保障，推动产业结构的转型升级，具备必要性和可行性。

二、制定《江西省数字经济促进条例》的必要性和可行性论证

（一）制定《江西省数字经济促进条例》的必要性

1. 是落实党中央数字经济发展战略的重要举措

党的十九大以来，党中央提出了推动数字经济发展的整体规划和战略布局。这些规划和布局包括"互联网＋"行动计划、中国制造2025、数字中国建设等，为数字经济的发展提供了总体指导和战略支持。党的二十大报告提出："加快发展数字经济，促进数字经济和实体经济深度融合，打造具有国际竞争力的数字产业集群"。我国在数字经济发展过程中，国家战略层面对其予以重视和推动，充分展现了我国在制度上的优势。这种重视和推动有助于从上到下凝聚共识、形成合力、提高效率，抓住新旧经济交替的时机，推动我国经济和社会向数字化转型。推进数字经济领域的立法，构建促进数字经济的法律框架和治理体系，是全面贯彻落实国家经济社会发展战略的重要一步。

江西省应迅速采取行动，制定完善的法律法规，以推动数字经济的创新发展，形成数字经济创新发展的江西样本与江西经验，为全国树立一个新的发展高地。

2. 是推动江西省数字经济突破性发展的迫切需要

《江西省数字经济促进条例》旨在推动江西省的信息技术创新和应用，实现跨越式的突破。

首先，数字技术革命催生了全新的经济形态、经营模式、组织类型、行为方式和社会关系。与数字技术进步密切相关的权利归属、创新利益保护、市场规则界定、政府职能转变、法律责任分配、技术风险防范、社会冲突解决等问题，需要通过建立合理的法律框架和法律规则来回应、协调和规范。[①]

[①] 刘小妹：《数字经济立法的内在逻辑和基本模式》，《华东政法大学学报》2023年第4期。

然而，我国现行的法律体系是在工业化时代发展起来的，其成文法规则体系主要针对传统工业化时代的风险。面对数字经济发展过程中伴随而来的新型社会风险，传统的产业政策、监管制度和治理体系越来越难以适应实际发展需求，呈现出一些困境。理论研究和实践经验都表明，数字经济的发展涉及许多新兴领域，其中包括数据安全、网络隐私、知识产权保护、电子商务规范、网络犯罪打击等方面的问题。这些挑战不仅对个人和企业产生影响，也对社会经济秩序和公共利益产生深远的影响。为了应对这些挑战，江西省应加快数字经济领域的立法进程，充分发挥地方立法的功能，创新制度供给，以立法促进和保障江西省数字经济高质量发展，有利于促进我国数字技术革命与法律规则之间的良性互动，为统筹推动数字经济发展提供法治保障，以有效防范与化解各种重大风险。

其次，近年来，江西省委省政府高度重视数字经济的发展，大力实施数字经济"一号发展工程"并取得了积极的成效，数字经济已成为江西经济高质量发展的主攻方向。为深入推进数字经济"一号发展工程"建设、推动数字经济成为江西省展示自身优势的标志性成果，亟须通过地方立法制定一套全面系统有效的数字经济促进政策措施体系，探索出一条具有江西特色的、符合时代要求的数字经济治理之路，尽快实现数字经济突破性发展。

最后，数字经济是创新和创业的重要领域，制定相关条例可以为创新企业提供坚实的法律保障，更加稳定和明确的法律环境，条例中涉及的相关财税激励政策、研发支持政策等能够激发创新创业活力，鼓励更多的人才和资源投入到数字经济领域，推动创新创业的发展。

3.是规范数字经济行为的必由之路

数字经济涉及多个领域和多个部门的合作。一方面，制定条例可以明确各部门的职责和权限，促进各相关部门之间的信息共享、协作和协调发展，提高数字经济的整体效益。

另一方面，数字经济涉及数据管理、网络安全、电子商务等多个领域，对相关的行为进行规范有利于维护市场秩序、保护消费者权益，促进数字经济的健康发展和可持续增长。加强对数据的规范管理和保护，规定数据采集、处理、共享和使用的原则和权限，保障用户隐私权益，提高数据安全性。数字经济市场的快速发展也带来了一些乱象和挑战，制定条例可以对数据安全、网络安全、电子商务等方面的监管，规范数字经济市场秩序，防范和打击网络诈骗、侵权盗版等不法行为，保护消费者权益，维护数字经济市场的健康稳定发展。

总之，《条例》有助于进一步推进江西省数字经济发展规范化、法治化，是江西省以法治思维法治方式解决数字经济发展问题的重要载体和抓手。

（二）制定《江西省数字经济促进条例》的可行性

1. 实践基础

江西省数字基础设施持续升级，2020 年在全国率先实现窄带物联网省域全覆盖；数字产业快速增长，初步形成了以电子信息制造业为基础，以 VR、物联网等产业为新增长点的数字产业发展格局；产业数字化动能强劲，跨境电商快速成长壮大，智慧物流、在线教育、互联网医疗、数字文旅等"互联网+"新业态、新模式加速涌现；数字治理水平不断提升，江西省和各市政务云基本建成，数据共享交换平台和高频数据共享库的建设加快推进。同时，"一部手机游江西"和"云游江西"平台已经上线并开始运行，赣教云教学通已基本覆盖全省，智慧医疗、智慧交通、智慧生态、智慧水利、智慧消防、智慧公安的建设也在加快推进。省级公共安全视频监控共享平台也已建成，并且江西省作为全国首批"智慧应急"试点省份获得了批准。①

---

① 《江西省人民政府关于印发江西省"十四五"数字经济发展规划的通知》，《江西省人民政府公报》2022 年第 14 期。

这些进展表明，江西省已然具备了制定《江西省数字经济促进条例》的实践基础，出台这部省级地方性法规势在必行。

2. 政策基础

自"十三五"以来，江西省积极推动数字经济发展，在全国率先制定数字经济发展战略的实施意见，高起点谋划、高规格出台数字经济做优做强"一号发展工程"意见，配套出台移动物联网、工业互联网、区块链、虚拟现实（VR）、第五代移动通信（5G）、人工智能、数字乡村等专项规划政策。从政策制度层面搭起支撑新时代江西数字经济发展的"四梁八柱"。① 除此之外，江西省还相继出台了一系列相关的政策制度和措施，全力推进数字经济快速发展，形成了许多好的经验和做法。江西省已经具备制定《江西省数字经济促进条例》的法治环境，积累了许多行之有效的政策措施，在此基础上，将它们经过总结提炼上升为省级地方性法规，以位阶更高的立法为江西省数字经济高质量发展保驾护航，更为全面系统、更加有力有效地以法治引领和保障江西省数字经济高质量发展。

表 1　江西省现行有效数字经济发展相关政策文件梳理

序号	文件名称	发布时间	促进数字经济发展相关内容
1	《江西省农业农村数字经济发展白皮书(2022)》	2022.12	围绕数字基础设施、农业生产、农产品流通、农业管理和乡村治理等重点领域，分析江西省农业农村数字经济发展的总体情况。
2	《江西省"十四五"数字经济发展规划》	2022.5	旨在抓住创新这一"牛鼻子"，着眼于未来的可持续发展，加强对数字经济的研究和分析，着眼于未来的可持续性，持续推动数字经济的可持续性，以及实现其在市场中的优势地位。

---

① 《江西省人民政府关于印发江西省"十四五"数字经济发展规划的通知》。

序号	文件名称	发布时间	促进数字经济发展相关内容
3	《江西省国民经济和社会发展第十四个五年规划和二〇三五年远景目标纲要》	2021.2	制定了深入实施数字经济"一号工程"的政策措施,明确提出要建设"智联江西"。
4	《"智联江西"建设三年行动方案（2021—2023年)》	2022.5	为经济领域、生活领域、治理领域等三大领域,提供了"连接＋平台＋场景"的整体解决方案,通过数字化整合、聚合、融合,促进我省政治、经济、社会各领域数字化转型。
5	《江西省数字政府建设三年行动计划（2022—2024年)》	2022.5	完善新型智慧城市建设。 强化生态环境精准监测。
6	《江西省5G发展规划（2019—2023年)》	2019.2	以万物互联、智创未来为导向,利用5G发展的重大机遇,推动"5G＋互联网"深度融合,围绕产业链,打造创新链,实现价值链,以促进新兴产业发展为牵引,汇聚创新要素,推动协同创新,不断催生新型互联网企业,激发数字经济活力。
7	《江西省城镇生活污水处理提质增效攻坚行动方案（2022—2025年)》	2022.6	建设管网数字信息系统。
8	《江西省数字经济发展白皮书（2022年)》	2022.7	白皮书编制团队在对全省充分调研的基础上着眼于当前江西省的数字经济发展,着力披露了信息技术、数字产品、产品数字化、数据价值化、数码基础建设、环境保护、数码管理、对外开放协作等方面的问题,并就此给出了可行的解决方案和可行的实践策略。
9	《关于深入推进数字经济做优做强"一号发展工程"的意见》	2022.3	重点实施包括数字技术创新工程、产业赛道赶超工程、上云用数赋智工程等在内的八大工程,做优做强数字经济。
10	《江西省住房城乡建设领域推进数字经济"一号发展工程"实施意见》	2022.5	全面提升数字化改造能力,积极探索、推进、应用BIM,以及构筑更先进的现代数字化基本结构,促进智能、信息化、可视化、安全化的住宅城乡发展。

序号	文件名称	发布时间	促进数字经济发展相关内容
11	《关于进一步加强生态环境保护深入打好污染防治攻坚战的实施意见》	2022.3	提升生态环境监管能力建设。建立健全以污染源自动监控为主的非现场监管执法机制，加强移动源监管能力建设。建立完善全省生态环境大数据平台。
12	《江西省信息通信业促进数字经济发展三年行动计划（2022—2024 年)》	2022.9	优化移动物联网体系。
13	《关于加快推进数字经济创新发展的若干措施》	2020.10	实施"上云用数赋智"行动。支持移动物联网示范应用。

第二节 《江西省数字经济促进条例》的主要内容

数字经济涉及面广、调整对象复杂，在条例起草过程中要坚持科学性、合理性、可操作性的立法思路，重点关注四个方面：首先是构建数字经济发展政策制度环境，明确发展数字经济的基本概念范围、原则和导向，以及主要管理体制机制和发展规划、治理措施等；其次是抓住数字基础设施建设这一基本要素，明确其概念范围、目标要求和重点措施；再次是紧扣数字产业化、产业数字化和治理数字化的发展主线，明确发展的主要目标、重点任务和具体要求。其中，数字产业化是在产业结构、组织形态等方面的革新，包括数字化生产、数字化管理、数字化服务等方面；产业数字化主要是指促进传统行业数字化转型，包括工业数字化、农业数字化、服务业数字化等，旨在提升社会效率；治理数字化主要促进省域治理体系和治理能力现代化水平提升；最后是围绕数字资源这一关键要素，明确个人和公共数据资源开发利用和保护的重点措施，实现数据价值化。

因此，笔者建议，《江西省数字经济促进条例》（以下简称《条例》）

可以编写为八章，包括总则、基础设施建设、数字产业化、产业数字化、治理数字化、数字资源的开发利用和保护、保障措施、附则等内容。重点内容说明如下：

一、关于明确数字经济促进体制机制

该部分主要明确《条例》的立法目的、适用范围、基本原则、政府职责、部门职责等基本问题，并对江西省数字经济发展规划、空间布局、系统监测和评价体系以及开放发展体系建设等具有基础性、长远性、保障性的工作机制作出具体制度安排。

二、关于数字基础设施建设

数字基础设施是发展数字经济的根本支撑。本章应当以廓清数字基础设施的范围为基础，以技术先进、高速畅通、安全可靠、共建共享、覆盖城乡、服务便捷的原则为遵循，着力解决目前存在的问题，如缺少专门的规划、大量的数据处理中心、过时的信息传输系统、不同的资源利用方式、不同的管理模式、不同的运营方式、不同的市场竞争力。需要构建一个综合性的、协同性的、互联互动的、开放性的、统筹性的、集成性的、统筹性的数码基础建设架构，来促进江西省的数字化转型。为了促进数据资源交换和分配，与国家的发展战略相适应，还应当在立法中明确提出新建建筑物应配套建设移动通信基础设施，实行与主体建筑物同步设计、同步施工、同步验收，以保障它们的安全性和可靠性。

三、关于数字产业化

江西省的数字产业化发展目前依然处在摸索时期，仍然存在包括规模较小、缺乏创新、产品种类偏少、"卡脖子"等问题。为此，为了解决上述问题，江西省已经采取了一系列政策措施，这些措施应当从立法上加以确认和进一步推行。本章的主要内容包括：第一，统筹规划数字产业发展布局和主要方向。加强对产业链的管理，确保供应链的稳定性，并且鼓励形成一个具有竞争优势的产业集群，提升数字安防、网络通信、集成电路、智能计算等产业的整体竞争力。① 第二，着力突破关键核心技术。为了促进创新，应当在全省域范围内规划并建立高水准的创新平台，配备必要的大型科技基础设施，鼓励新兴的创新主体，促进大型科学仪器的共享。此外，不能忽视研发机构的培育，注重提升研发能力。第三，加大数字经济市场主体培育力度，补增量。重点投资具有竞争力的龙头、上市、高新和科技型的中小企业，根据其成长情况给予分档支持，建立一个由这些企业组成的多元化的发展体系，为它们提供全面的、有针对性的发展支撑，形成大中小微企业协同共生的数字经济产业生态。

四、关于产业数字化

本章应当深刻把握生产性产业和生活性产业的特点和差异化需求，着重把握产业数字化转型服务支撑基础薄弱、能力不强等问题，实现全面、全链条的数字化转型，为构建具有江西特色的现代产业体系赋能。为此，《条例》应该加大对传统产业的支持，鼓励和支持它们利用数字技术和数据资源，实现数字化转型，提升转型质量，提升转型效率，增强转型服务支撑基础，提升转型能力，为江西省经济发展提供更多的支持。鼓励和支持工业、农业、服务业等传统产业依托数字技术和数据资源进行数字化转型和改造，从而增加产出、提升效率。② 同时，强化新兴金融中心、新型贸易中心建设。具体而言，工业数字化转型应当包括工业互联网集成应用创新、工业生产方式和组织模式革新等；农业数字化转型应当包括农用具

---

① 徐旭：《关于〈浙江省数字经济促进条例（草案）〉的说明》，《浙江人大（公报版）》2020 年第 3 期。

② 《南昌市数字经济促进条例》。

的升级，种植养殖方式的革新以及配套的冷链物流、交易、安全追溯体系的数字化升级改造；服务业数字化转型范围最为广泛，囊括文化旅游、医疗卫生、物流、金融服务、法律服务、科技服务等内容，针对不同行业的需求场景，《条例》应当采取差异化的规制方式，提供差异化的数字化解决方案。

五、关于治理数字化

习近平总书记 2021 年 10 月在十九届中央政治局第三十四次集体学习时已经指出要"健全法律法规和政策制度，完善体制机制，提高我国数字经济治理体系和治理能力现代化水平"[1]；2022 年 2 月在《求是》杂志的文章中，进一步指出应规范数字经济发展，完善数字经济治理体系。在数字化时代背景下提升治理数字化水平是贯彻落实习近平总书记对数字化治理的重要指示精神的战略举措。按照《江西省数字政府建设总体方案》的指引，到 2035 年，江西数字政府体系将实现全面协调、快速高效、智能精准、开放透明、公正公平的发展。为此，一是要推进城市治理数字化。为了更好地实施"城市大脑"和智慧城市建设，我们必须大力提高城市治理水平。此外，我们还需要推动政府治理的数字化，以提高治理效率。二是要推进政府治理数字化，通过数字化转型提升治理效能。政府治理数字化不仅仅体现在政务服务的一体通办，还应当包括政府机构和其他承担公共管理职能的单位在生态环境等各领域做出决策时的一网统管，以及政府和其他承担公共管理职能的单位履行职能的一网慧治。政府治理数字化要求实现数据共享和业务协同。三是要推进社会治理数字化。《条例》应当加强综治工作平台、市场监管平台、综合执法平台、便民服务平台等基层治理平台建设和运营管理，提高社会治理数字化、智能化和

---

[1] 习近平：《习近平谈治国理政》第 4 卷，外文出版社 2022 年版，第 208 页。

专业化水平。

六、关于数字资源的开发利用和保护

随着科技进步和信息技术革命，数据已成为当今社会发展的关键要素。因此，本章致力于有效利用这些要素，优化市场化配置体制机制，加快数据资源的整合、开拓和利用，以及实现有效地利用和传播，以最大限度地释放数据资源价值。目前，着重需要解决的是数据共享和服务能力不足、数据交易规则不完善、数据安全保障不足、数据标准化和规范化不足等问题。《条例》应当科学规范多元主体数据采集、存储、处理标准体系和衔接机制，提升数据的完整性、准确性和可流通性；建立健全公共数据、企业数据、个人数据的分级分类保护和利用制度；推动政府数据共享交换，提升社会数据资源价值，打破企业数据垄断；保护个人信息和隐私，最大限度地促进数据共享和利用；提高数据流通效率，为数字市场提供更多数据资源，为数字经济高质量发展提供动力。具体而言，一是要提升数据供给能力，要推动数据共享开放。要求建立全省统一的公共数据开放平台，明确公共管理和服务机构向社会开放公共数据，引导企业、行业协会等单位和个人开放自有数据资源。二是要规范数据的收集、储存、使用、加工、公开等活动，规定数据采集人、持有人和使用人保护数据的义务，同时规定公安、网信等有关部门加强监督管理的职责。三是要推动数据要素市场化流通。规范数据交易行业准入门槛，深入数据要素确权、流通交易、公平竞争、市场监管、合规风险等方面规则研究，全力搭建全省统一的数据交易平台，为数据交易提供安全可信的环境，保障数据安全、有序流通，保障数据资源依法交易。[①]

[①] 《江西省人民政府关于印发江西省"十四五"数字经济发展规划的通知》。

七、关于保障措施

为了有效落实《条例》规定的各项制度措施，应当明确构建数字经济发展良好生态的总体要求，从资金支持、人才培养、从业人员权益保护、营商环境优化、知识产权保护、数字经济安全保障、部门法律责任及免责等方面完善数字经济治理框架和规则体系，优化数字经济发展环境。此外，应当实行包容审慎治理。为了更好地管理新兴技术、产业、业态和模式，政府应该采取更加包容审慎的监管措施，并不断探索更有效的监管理念和方式。

第三节 《江西省数字经济促进条例》需进一步论证的相关问题

一、关于数字经济等概念廓清的必要性

数字经济作为一种新的经济形态，已经成为全球经济的重要组成部分，然而，国家尚未在法律、行政法规层面明确数字经济相关的各种概念。

2022年1月12日，国务院发布了《"十四五"数字经济发展规划》，在开篇就提出了数字经济的概念，但是，这个规划文件是一个指导性文件，它并不具备直接的法律强制性。为了提高可操作性，为相关方提供一个明确的行为框架，《条例》应当将数字经济概念以立法形式加以固定。

除了数字经济的概念之外，与数字经济相关的数字基础设施、数字产业化、产业数字化、治理数字化等作为一个概念群，其含义也应当在《条例》中加以明确，理由如下：

首先，明确这些概念可以引导和规范数字经济的发展，帮助政府和企

业更好地理解和适应数字经济发展的趋势和需求。传统基础设施的功能与特点无法适应社会发展的需求，可以说，数字基础设施是数字经济发展的基石，包括网络、电信设施等；数字经济还催生了现代社会新的生产要素，即数字资源，包括数据的收集、存储、处理和应用；数字产业化是指将传统产业与数字技术相结合，推动产业转型升级；产业数字化是指传统产业中数字技术的应用和融合，提高生产效率和降低成本；治理数字化是指运用数字技术改进治理方式和能力。其次，明确这些概念可以促进创新和发展，为相关领域的创新和发展提供指导和支持。数字基础设施和数据资源的发展为创新提供了基础条件；数字产业化和产业数字化可以推动新型产业的兴起和传统产业的转型；治理数字化可以提升政府和社会治理的效率和水平。最后，明确这些概念有助于保护公共利益和人民合法权益，建立健全的法律框架，推进数字经济的健康发展。数字基础设施和数据资源的建设和管理需要明确的制度安排和规则，以保障公众的基本权益和数据安全；数字经济的发展需要明确的产业政策和竞争规则，以防止垄断和不正当竞争；治理数字化需要明确的法律和规章，以保障公共利益和人民合法权益。

二、关于《条例》的特色和创新之处

目前，全国已有广东省、山西省、浙江省等省份制定了促进数字经济发展的地方性法规，江西省在参考借鉴各省有益经验的基础上，应当着眼江西省科技创新体系建构、着眼尊重数字经济发展规律、人才成长规律、着眼解放数字资源和创新型人才，立足于江西省数字经济发展实际，通过深入的调查研究，在上位法的框架范围内，制定一些体现江西特色、具备一定创新性的条款。

（一）鼓励打造体现江西特色的智慧旅游示范景区

江西省旅游资源丰富，兼具红、绿、古三大旅游特色，拥有得天独厚的历史文化底蕴。《条例》应当积极利用这一优势，对相关旅游产品和服务进行智慧化升级改造，打造智慧旅游示范景区，结合虚拟现实、增强现实等技术，打造具有江西特色的互动体验项目，让游客能够身临其境地感受江西的文化和景观。同时，要推动建设全域旅游大数据平台，促进旅游业线上线下融合发展，加强数据分析和运营优化。如此，不仅可以提高江西省旅游业的质效，实现旅游资源的整合利用，还可以加强文化的保护和传承。

（二）鼓励数字人民币的应用和国际合作

数字人民币是一种基于区块链技术的数字货币，作为供给侧金融创新工具，它具有高效便捷、稳定安全、广泛适用的特性。[1] 加快推进数字人民币的普及，能够为江西省数字经济的发展注入新的动力和活力。在立法中鼓励数字人民币的应用和国际合作有以下几个重要原因：第一，数字人民币的应用可以促进金融科技的创新和发展。通过在立法中鼓励数字人民币的应用，可以推动金融科技的进步，加强金融系统的稳定性和效率，为经济发展提供更多的金融服务和创新工具。第二，数字人民币的应用可以提高支付和结算的便利性和效率，降低交易成本，减少货币流通的时间和成本。通过在立法中鼓励数字人民币的应用，可以推动支付体系的现代化和数字化转型，为用户提供更便捷、安全的支付方式，促进经济交易的快速和安全发展，提高金融便利性和效率。第三，数字人民币的应用可以提高金融监管的精确性和效力，加强反洗钱和反恐怖融资等方面的监管能力。通过在立法中鼓励数字人民币的应用，可以建立健全的监管体系和法律框架，有效防范金融风险，提高金融系统的安全性和稳定性。第四，数字人民币作为一种新型的数字货币，在国际经济合作和交流中具有重要意

---

[1] 边万莉：《社保卡加载数字人民币支付功能有哪些重大意义?》，《21世纪经济报道》2023年6月30日。

义。通过在立法中鼓励数字人民币的国际合作，可以促进国际支付和清算的便利化，加强国际金融合作，推动金融市场的开放和互联互通，提升我国在国际金融领域的话语权和影响力。

因此，《条例》应当鼓励加强对数字人民币应用场景的支持。一方面，可以通过打造完善的生态体系和多样化的应用场景，推动数字人民币在线支付的普及，提高使用频率和用户支付体验；另一方面，还可以探索数字人民币在公共服务如政府服务、社会保障、公共交通等领域的潜力，为政府数字化和智能化治理提供支持。

（三）探索建立首席数据官和数据专员制度

首席数据官是指负责整个单位中数据的利用和管理的最高管理人。数据专员是数据资源管理的第一责任人，负责推进单位数字化应用开发。国际社会已有许多国家将设立首席数据官作为统筹数据战略推进、促进政府数据资源的开放共享与开发利用、推动数据治理组织体系创新的重要举措，国内也有部分省市进行了首席数据官制度试点。政府首席数据官的角色旨在促进数据共享，提高数据透明度，优化数据驱动的决策，同时维护数据安全与隐私。数字化转型升级战略驱动下，这是江西省数据要素市场化配置改革，完善政务数据共享协调机制的全新举措。政务部门设立数据官，不仅有利于政务数据合规，更有利于弥补政企间关于数据问题的认识鸿沟。首席数据官制度是借鉴国际经验，同时结合国情探索的治理模式，2020年开始，我国已有地方政府在探索首席数据官制度，《条例》以地方性立法的形式对该制度进行确认是极具创新性的举措。

（四）分类构建数字政府场景

如前所述，在治理数字化一章中，《条例》旨在促进数字技术与政务服务、政府治理的有机结合，以及加速政务服务模式的重新定义和政府治理模式的转型，从而实现数字化治理的有效实施。目前，各省关于数字经济促进条例的地方性立法规范中，只笼统地强调"政务服务一体化"，实际上，政务服务与政府治理体现的是政府不同的功能，应当加以区分。笔者认为，《条例》应当将数字一体化治理分为服务、决策、监管三个部分。深化政务服务"一网通办"，推动政府治理"一网统管"，加快政府运行"一网协同"。

（五）明确对数字弱势群体的保护

数字弱势群体通常是指那些在数字化时代面临信息获取、技术使用和网络参与等方面的困难的群体，主要包括四类人群：老年群体、贫困人口、网络发展落后的边远地区人群及残疾人。数字技术的广泛应用正在改变人们的生活方式和社会关系，但对于这些脆弱的群体来说，数字化的进程可能加剧不平等和社会分化。由于年龄、经济、基础设施或身体残障等，他们无法充分享受数字时代红利。数字弱势群体在数字经济中的边缘化和排斥可能引发社会不稳定和不公平现象，进而影响社会的可持续发展。因此，通过在《条例》中倡导各类公共服务"数字无障碍"，面向老年人和残障人士推进相关服务的适应性改造，能够体现立法的数字包容精神，促进社会公平，维护社会稳定，提高社会整体的参与度和凝聚力。

（六）鼓励探索更加适合激发数据价值的数据权利观念、制度和规则体系

传统的数据权利观念、规则、制度主要是建立在所有权的基础上，认为数据拥有者有权控制和管理自己的数据。然而，随着数字化时代的到来，数据已经成为一种普遍存在的资源，而且数据的产生和使用往往是不可避免的。因此，传统的数据权利观念、规则、制度已经无法满足现代社会的需求。它们无法解决数据的共享和流通问题。在传统的观念中，数据的所有权和使用权是相互排斥的，数据的使用必须经过所有权人的授权才能进行。这种限制了数据的共享和流通，阻碍了数据的价值最大化。

淡化所有权、强调使用权的必要性在于，数据已经成为一种公共资

源，它的共享和流通应该更加自由和开放。如果数据拥有者仍然坚持所有权，那么数据的使用将受到极大的限制，无法发挥出其最大的价值。因此，我们需要建立新的数据权利观念和制度，以便更好地管理和保护数据的权益，同时也能够更好地利用数据的价值。

《中共中央、国务院关于构建数据基础制度更好发挥数据要素作用的意见》（"数据二十条"）提出了要推动构建一套完善的数据基础体系，以最好地充分发挥数字基本要素的功能，其中强调要构建一套有效的数字信息资源拥有权、加工使用权和经营权的分离体系，以实现有效的资源配置和有效的利用。据此，可以在《条例》中鼓励建立不同于传统的财产权或产权观念的"数据产权"概念和制度，淡化所有权、强调使用权，聚焦数据使用流通，鼓励探索更加适合激发数据价值的数据权利观念、制度和规则体系。

参考文献

[美] E. 博登海默：《法理学——法律哲学与法律方法》，邓正来译，中国政法大学出版社 2017 年版。

[美] 阿莱克斯·彭特兰：《智慧社会——大数据与社会物理学》，汪小凯译，浙江人民出版社 2015 年版。

[美] 安德鲁·V. 爱德华：《数字法则——机器人、大数据和算法如何重塑未来》，鲜于静译，机械工业出版社 2016 年版。

[美] 丹尼尔·F. 史普博：《管制与市场》，余晖、何帆、钱家骏、周维富译，格致出版社 2017 年版。

[美] 杰奥夫雷·G. 帕克、马歇尔·W. 范·埃尔斯泰恩：《平台革命：改变世界的商业模式》，志鹏译，机械工业出版社 2021 年版。

[美] 瑞恩·卡洛、[美] 迈克尔·弗兰金、[加拿大] 伊恩·克：《人工智能与法律的对话》，陈吉栋译，上海人民出版社 2018 年版。

[英] 维克托·迈尔·舍恩伯格、肯尼思·库克耶：《大数据时代：生活、工作与思维的大变革》，盛杨燕、周涛译，浙江人民出版社 2013 年版。

曾燕：《数据资源与数据资产概论》，中国社会科学出版社 2022 年版。

何渊主编：《数据法学》，北京大学出版社 2020 年版。

蒋媛媛：《中国数字经济宏观影响力评估》，上海社会科学院出版社 2021 年版。

李爱君：《中国大数据网络发展报告》，法律出版社 2018 年版。

刘红：《大数据时代数据保护法律研究》，中国政法大学出版社 2018 年版。

刘权：《产业数字化：以数字技术加速产业转型增长》，人民邮电出版社 2022 年版。

钱志新：《数字新经济》，南京大学出版社 2018 年版。

武长海：《数据法学》，法律出版社 2022 年版。

习近平:《习近平谈治国理政》第 4 卷，外文出版社 2022 年版。

郑磊:《开放的数林:政府数据开放的中国故事》，上海人民出版社 2018 年版。

中国电子信息产业发展研究院:《数字丝绸之路》，人民邮电出版社 2017 年版。

周学峰、李平:《网络平台治理与法律责任》，中国法制出版社 2018 年版。

《北京市数字经济促进条例》，《北京日报》2022 年 12 月 14 日。

边万莉:《社保卡加载数字人民币支付功能有哪些重大意义?》，《21 世纪经济报道》2023 年 6 月 30 日。

蔡翠红:《数字治理的概念辨析与善治逻辑》，《中国社会科学报》2022 年 10 月 13 日。

曾雄、梁正、张辉:《欧盟人工智能的规制路径及其对我国的启示——以〈人工智能法案〉为分析对象》，《电子政务》2022 年第 9 期。

钞小静:《以数字经济与实体经济深度融合赋能新形势下经济高质量发展》，《财贸研究》2022 年第 12 期。

陈兵:《法治视阈下数字经济发展与规制系统创新》，《上海大学学报（社会科学版）》2019 年第 36 期。

陈兵:《完善数据安全治理应从三方面入手》，《国家治理》2020 年第 36 期。

丁磊:《英国政府向议会提交〈产品安全和电信基础设施法案〉》，《互联网天地》2021 年第 12 期。

樊安、樊文苑:《地方性法规立法的理念更新与路径选择——以科学立法原则为指引》，《学术交流》2020 年第 12 期。

樊慧玲:《数字经济驱动中国制造业质量升级的模式与路径》，《吉林工商学院学报》2020 年第 2 期。

方向:《数字时代的国家质量基础设施》，《质量与认证》2023 年第 10 期。

高富平:《个人信息保护:从个人控制到社会控制》，《法学研究》2018 年第 3 期。

高丽华:《加强数据治理守护数据安全》，2022 年 9 月 3 日，见 https://theory.gmw.cn/2022-09/03/content_35999585.htm。

工业和信息化部:《2023 年通信业统计公报》，2024 年 2 月 24 日，见 https://www.miit.gov.cn/gxsj/tjfx/txy/art/2024/art_76b8ecef28c34a508f32bdbaa31b0ed2.html。

《关于我省数字经济做优做强"一号发展工程"和营商环境优化升级"一号改革工程"推进情况报告》，2023 年 8 月 18 日，见 https://jxrd.jxnews.com.cn/

system/2023/05/29/020086327.shtml。

国家发展和改革委员会：《"十四五"新型基础设施建设专家谈之一：系统布局新型基础设施夯实现代化强国先进物质基础》，2021年11月30日，见 https://finance.sina.com.cn/wm/2021-11-30/doc-ikyamrmy6021777.shtml。

《国务院关于加强数字政府建设的指导意见》，2022年6月23日，见 https://www.gov.cn/zhengce/content/2022-06-23/content_5697299.htm。

何帆、秦愿：《创新驱动下实体企业数字化转型经济后果研究》，《东北财经大学学报》2019年第5期。

何亮亮：《论我国数字经济立法的必要性》，《中国集体经济》2018年第30期。

何枭吟：《河南省数字经济发展策略研究》，《现代工业经济和信息化》2019年第6期。

洪莹莹：《欧盟〈数字市场法〉及其对中国的启示》，《上海政法学院学报（法治论丛）》2023年第2期。

洪正华：《抢抓数字经济机遇加快云南省数字化发展——云南省数字经济发展实践》，《大数据》2021年第7期。

黄颖轩：《优化数字经济监管：挑战、理念和路径》，《中国市场监管研究》2022年第4期。

纪荣荣：《关于地方立法权限与立法规模控制》，《人大研究》2018年第1期。

《江苏省数字经济促进条例》，《新华日报》2022年6月8日。

《江西省人民政府关于印发江西省"十四五"数字经济发展规划的通知》，《江西省人民政府公报》2022年第14期。

蒋云飞：《数字经济地方立法：进展、特点与展望》，《人大研究》2023年第8期。

鞠颖、康宁：《欧盟〈数据治理法〉中数据共享主体的运行逻辑及对我国的启示》，《太原理工大学学报（社会科学版）》2022年第6期。

李建伟：《抓住机遇：推进浦东数字经济专门立法》，《检察风云》2021年第21期。

李建喆：《我国地方立法"依法立法原则"探究》，《黑龙江人力资源和社会保障》2022年第9期。

李琼、周超中、封丽：《广东率先探索新兴领域立法——〈广东省数字经济促进条例〉解读（上篇）》，《人民之声》2021年第10期。

李世刚、包丁裕睿：《大型数字平台规制的新方向：特别化、前置化、动态化——

欧盟〈数字市场法（草案）〉解析》，《法学杂志》2021 年第 9 期。

李赞、冯贺霞、何立军：《提升社会治理的数字化智能化水平——中国社会治理研究会数字治理分会成立暨数字治理座谈会观点综述》，《社会治理》2021 年第 6 期。

李子文：《新经济监管的问题、思路和对策》，《宏观经济管理》2020 年第 4 期。

廖福崇：《数字治理体系建设：要素、特征与生成机制》，《行政管理改革》2022 年第 7 期。

林彦恂：《打造"数字中国"建设"汕头样板"》，《汕头日报》2023 年 9 月 3 日。

刘瑾、李保玉、孟庆庄：《数字经济与西部地区经济高质量发展——理论逻辑与实践路径》，《技术经济与管理研究》2023 年第 3 期。

刘权、刘学涛：《数字经济的界定、发展与法治保障》，《金融博览》2020 年第 5 期。

刘莘、覃慧：《论我国"法制统一"的保障体系：兼评修正后〈立法法〉的有关规定》，《江苏社会科学》2015 年第 4 期。

刘伟：《政府与平台共治：数字经济统一立法的逻辑展开》，《现代经济探讨》2022 年第 2 期。

刘小妹：《数字经济立法的内在逻辑和基本模式》，《华东政法大学学报》2023 年第 4 期。

马长山：《数字法治的三维面向》，《北大法律评论》2020 年第 2 期。

毛骏：《各地"数字经济促进条例"立法进展、特点及展望》，《通信世界》2023 年第 8 期。

孟大淇：《德国"滥用市场力量"监管的立法实践及启示——以〈德国反限制竞争法〉数字化改革为视角》，《财会月刊》2022 年第 4 期。

《南昌市数字经济促进条例》，《南昌日报》2022 年 12 月 30 日。

庞明川：《壮大新业态凝聚新动能引领新发展》，《红旗文稿》2020 年第 17 期。

《汕头经济特区数字经济促进条例》，《汕头日报》2023 年 8 月 16 日。

汕头人大：《激发经济增长新动能　构筑特区竞争新优势——市人大法制委负责人就〈汕头经济特区数字经济促进条例〉答记者问》，2023 年 8 月 16 日，见 https://rd.shantou.gov.cn/rd/flfgjd/202308/0a2597e525c84229ba993ec6b67452b2.shtml。

《山西省数字经济促进条例》，《山西日报》2022 年 12 月 13 日。

《深圳经济特区数字经济产业促进条例》，2022 年 10 月 24 日，见 http://www.sz.gov.cn/cn/xxgk/zfxxgj/zwdt/content/post_10093808.html。

《石家庄市数字经济促进条例》，《石家庄日报》2023 年 12 月 4 日。

时建中：《数据概念的解构与数据法律制度的构建——兼论数据法学的学科内涵与体系》，《中外法学》2023 年第 35 期。

史丹、李晓华：《打造数字经济新优势》，2021 年 10 月 15 日，见 http://opinion.people.com.cn/n1/2021/1015/c1003-32254174.html。

宋方青：《习近平法治思想中的立法原则》，《东方法学》2021 年第 2 期。

孙笛：《德国工业 4.0 战略与中国制造业转型升级》，《河南社会科学》2017 年第 7 期。

唐勇、孟朝玺、徐丹彤：《我国地方数字经济立法比较分析及启示——以粤浙豫数字经济立法为例》，《哈尔滨师范大学社会科学学报》2022 年第 13 期。

田刚元、陈富良：《经济全球化中的数字鸿沟治理：形成逻辑、现实困境与中国路径》，《理论月刊》2022 年第 2 期。

王登新、王小宁：《数字经济：全球化新经济范式的形成》，《有线电视技术》2018 年第 3 期。

王磊、郭琎：《欧美数字经济立法最新动态、基本特征及对我国启示》，《中国经贸导刊》2022 年第 3 期。

王利明：《论数据权益：以"权利束"为视角》，《政治与法律》2022 年第 7 期。

王旭：《数字经济立法的概念选择》，《广西政法管理干部学院学报》2021 年第 5 期。

王亚玲：《公众参与：智慧城市向智慧社会的跃迁路径》，《领导科学》2019 年第 2 期。

王亚玲：《论共建共治共享社会治理制度与数字经济的耦合性及实现路径》，《社科纵横》2021 年第 36 期。

韦柳融：《关于加快构建我国数字基础设施建设体系的思考》，《信息通信技术与政策》2020 年第 9 期。

魏礼群、顾朝曦、倪光南、汪玉凯、李韬：《数字治理：人类社会面临的新课题》，《社会政策研究》2021 年第 2 期。

温雅婷、余江、洪志生、陈凤：《数字化背景下智慧城市的治理效应及治理过程研究》，《科学学与科学技术管理》2022 年第 6 期。

武义青、李涛：《数字经济引领京津冀产业协同发展——2022 京津冀协同发展参事研讨会综述》，《经济与管理》2022 年第 36 期。

习近平：《不断做强做优做大我国数字经济》，《求是》2022 年第 2 期。

习近平：《登高望远，牢牢把握世界经济正确方向》，《人民日报》2018 年 12 月 1 日。

习近平：《高举中国特色社会主义伟大旗帜　为全面建设社会主义现代化国家而团结奋斗——在中国共产党第二十次全国代表大会上的报告》，2022 年 10 月 25 日，见 https://www.gov.cn/xinwen/2022-10/25/content_5721685.htm。

习近平：《坚定不移走中国特色社会主义法治道路　为全面建设社会主义现代化国家提供有力法治保障》，《求是》2021 年第 5 期。

席月民：《我国需要制定统一的〈数字经济促进法〉》，《法学杂志》2022 年第 5 期。

徐德顺：《英国数据保护和数字信息法案及其启示》，《中国商界》2023 年第 5 期。

徐梦周、吕铁：《数字经济的浙江实践：发展历程、模式特征与经验启示》，《政策瞭望》2020 年第 2 期。

徐旭：《关于〈浙江省数字经济促进条例（草案）〉的说明》，《浙江人大（公报版）》2020 年第 3 期。

许明：《新发展格局下推动我国数字经济国际合作路径研究》，《齐鲁学刊》2023 年第 1 期。

闫立东：《以"权利束"视角探究数据权利》，《东方法学》2019 年第 2 期。

颜琳、谢晶仁：《试论全球网络空间治理新秩序与中国的参与策略》，《湖南省社会主义学院学报》2016 年第 3 期。

杨道玲、傅娟、邢玉冠：《"十四五"数字经济与实体经济融合发展亟待破解五大难题》，2022 年 4 月 13 日，见 https://www.ndrc.gov.cn/wsdwhfz / 202204/ t20220413_1321995.html。

杨丽艳、张颖：《比较分析视角下的数字经济立法》，载张庆麟、殷敏主编：《国际贸易法论丛》第 9 卷，中国政法大学出版社 2020 年版。

于品显、刘倩：《欧盟〈人工智能法案〉评述及启示》，《海南金融》2023 年第 6 期。

袁嘉：《数字背景下德国滥用市场力量行为反垄断规制的现代化——评〈德国反限制竞争法〉第十次修订》，《德国研究》2021 年第 2 期。

张继红：《英国 2017 年〈数据保护法案〉主要特点及对我国的启示》，中国欧洲学会欧洲法律研究会第十一届年会论文集，2017 年 11 月，第 10 页。

张进京：《德国联邦政府 ICT 战略：数字德国 2015（上）》，《中国信息界》2011 年第 12 期。

张鹏：《数字经济的本质及其发展逻辑》，《经济学家》2019 年第 2 期。

张素华、王年：《公共数据国家所有权的法理基础及实现路径》，《甘肃社会科学》2023 年第 4 期。

张韬略、熊艺琳：《拓宽数据共享渠道的欧盟方案与启示——基于欧盟〈数据治理法〉的分析》，《德国研究》2023 年第 1 期。

张铁薇、陈茂春：《〈反不正当竞争法〉"网络条款"司法适用的反思——以消费者利益标准为视角》，《商业研究》2021 年第 4 期。

张亚菲：《英国〈数字经济法案〉综述》，《网络法律评论》2013 年第 1 期。

张岩：《数据安全法治建设研究》，《合作经济与科技》2021 年第 17 期。

浙江省经信厅数字经济处：《从浙江数字经济实践洞见立法探索》，《信息化建设》2021 年第 4 期。

郑健壮、王科娜：《数字经济对地区经济增长影响及其瓶颈效应研究——基于2011—2020 年浙江 11 地（市）的观测样本》，《现代管理科学》2023 年第 1 期。

周樨平：《大数据时代企业数据权益保护论》，《法学》2022 年第 5 期。

朱雪忠、代志在：《总体国家安全观视域下〈数据安全法〉的价值与体系定位》，《电子政务》2020 年第 8 期。

左越、窦克勤、李君：《我国数字经济高质量发展制约因素及应对策略》，《科技创新导报》2019 年第 16 期。

后　记

　　随着互联网、大数据、云计算、人工智能、区块链等技术的加速创新，数字经济已成为全球要素资源重组、经济结构重塑和国家间经济竞争的关键力量。十八大以来，党中央高度重视发展数字经济，将其上升为国家战略，先后出台了《网络强国战略实施纲要》《数字经济发展战略纲要》，从国家层面部署推动数字经济发展，"十四五"规划更是明确将"加快数字化发展，建设数字中国"作为我国经济发展的重要方向，提出要加快建设数字经济、数字社会、数字政府，以数字化转型整体驱动生产方式、生活方式和治理方式变革。2022年1月30日，中共江西省委、江西省人民政府发布《关于深入推进数字经济做优做强"一号发展工程"的意见》，提出要重点实施"八大工程"并为数字经济发展提供政策支持、组织保障。该《意见》明确指出，要创新制度供给，加快推动江西省数字经济领域立法进程，为统筹推动数字经济发展提供法治保障。当前江西省数字经济发展迅速，但是法律治理上却未能同步跟上，面对数字经济发展所可能带来的各种挑战，需要充分发挥地方立法的功能，以立法促进和保障江西省数字经济高质量发展。基于此，作者以《促进数字经济发展地方立法研究——以江西省为例》为题申报江西省社会科学"十四五"（2022年）基金项目，并获重大委托项目立项资助（课题编号为22WT09）。

　　项目获批立项后，课题组成员深入数字经济主管部门、代表性企业、消费者群体组织等部门实地调查研究，了解江西省数字产业发展的现状和

亟需解决的治理难题，进而对相关问题及现行的国内外相关立法经验进行
梳理，形成著作写作思路和写作提纲，经过一年左右的写作，已经初步完
成了专著文稿写作。

本书是作者主持的江西省社会科学基金重大委托项目"促进数字经济
发展地方立法研究——以江西省为例"的研究成果。参加课题研究的有东
华理工大学文法与艺术学院的刘俊教授、周春华老师、严俐苹老师、严嘉
瑶老师，以及硕士研究生肖琳秋、许茵、王胜男、钟红梅、曾敏珍、郑志
成、郭瑞、张学彬、高祖念、付佳思、范嘉威等，他们或参与调研、或参
与资料收集和整理、或参与文字校对，对项目的研究能够顺利完成都付出
了艰辛的劳动，因而本书可谓集体智慧的结晶。借本书出版之际，对他们
的辛勤劳动和付出表示衷心感谢！同时，本书能得以出版，还要感谢人民
出版社及责任编辑，他（她）们对本书的出版给予了极大的支持和帮助。

作者

2024 年 7 月

责任编辑：冯　瑶

图书在版编目（CIP）数据

促进数字经济发展地方立法研究 ／ 杨波，周春华著．

北京 ： 人民出版社，2024. 10. -- ISBN 978 - 7 - 01 - 026899 - 6

Ⅰ．D922.290.4

中国国家版本馆 CIP 数据核字第 202440EV64 号

促进数字经济发展地方立法研究
CUJIN SHUZI JINGJI FAZHAN DIFANG LIFA YANJIU

杨　波　周春华　著

人民出版社 出版发行
（100706　北京市东城区隆福寺街 99 号）

北京九州迅驰传媒文化有限公司印刷　新华书店经销

2024 年 10 月第 1 版　2024 年 10 月北京第 1 次印刷
开本：710 毫米 ×1000 毫米 1/16　印张：13.25
字数：203 千字

ISBN 978 - 7 - 01 - 026899 - 6　定价：78.00 元

邮购地址 100706　北京市东城区隆福寺街 99 号
人民东方图书销售中心　电话（010）65250042　65289539

图书在版编目（CIP）数据

瞬变 / 陆圣斌，杨荣平著. -- 北京 ：九州出版社，
2022.6（2023.11重印）
ISBN 978-7-5225-0935-8

Ⅰ．①瞬… Ⅱ．①陆… ②杨… Ⅲ．①长篇小说—中
国—当代 Ⅳ．①I247.5

中国版本图书馆CIP数据核字(2022)第078990号

瞬变

作　者	陆圣斌　杨荣平　著	
出版发行	九州出版社	
责任编辑	陈丹青	
地　址	北京市西城区阜外大街甲 35 号 （100037）	
发行电话	(010) 68992190/3/5/6	
网　址	www.jiuzhoupress.com	
印　刷	天津奥丰特印刷有限公司	
开　本	710 毫米 ×1000 毫米　16 开	
印　张	32.75	
字　数	520 千字	
版　次	2022 年 10 月第 1 版	
印　次	2023 年 11 月第 2 次印刷	
书　号	ISBN 978-7-5225-0935-8	
定　价	88.00 元	

瞬　变

陆圣斌　杨荣平 著

九 州 出 版 社
JIUZHOUPRESS | 全国百佳图书出版单位